小小说美文馆

主编 马国兴 吕双喜

传奇

每天送你一片菩提叶

郑州大学出版社
郑州

图书在版编目(CIP)数据

传奇:每天送你一片菩提叶/马国兴,吕双喜主编. —郑州:郑州大学出版社,2017.1

(小小说美文馆)

ISBN 978-7-5645-3672-5

Ⅰ.①传…　Ⅱ.①马…②吕…　Ⅲ.①小小说-小说集-中国-当代　Ⅳ.①I247.82

中国版本图书馆 CIP 数据核字(2016)第 309223 号

郑州大学出版社出版发行

郑州市大学路 40 号　　　　　　　邮政编码:450052

出版人:张功员　　　　　　　　　发行部电话:0371-66658405

全国新华书店经销

河南文华印务有限公司印制

开本:710 mm×1 000 mm　1/16

印张:10

字数:146 千字

版次:2017 年 1 月第 1 版　　　　印次:2017 年 1 月第 1 次印刷

书号:ISBN 978-7-5645-3672-5　　定价:25.00 元

编委名单

主　编　马国兴　吕双喜

副主编　王彦艳　郜　毅

编　委　连俊超　牛桂玲　胡红影　陈　思
　　　　　　李锦霞　段　明　孙文然　阿　莲
　　　　　　阿　康　荣　荣　蔡　联　徐小红
　　　　　　郭　恒

序

杨晓敏

  书来到我们手上,就好像我们去了远方。

  阅读的神妙之处,在于我们能够经由文字,在现实生活之外,构筑属于自己的精神生活。透过每篇文章,读者看到的不仅是故事与人物,也能读出作者的阅历,触摸一个人的心灵世界。就像恋爱,选择一本书也需要缘分,心性相投至关重要,阅读的过程中,你会发现他与自己的不同,而你非常喜欢,也会发现他与自己的相同,以至十分感动。阅读让我们超越了世俗意义上的羁绊,人生也渐渐丰厚起来。

  在这个信息碎片化的网络时代,面对浩若烟海的读物,读者难免无所适从,而阅读选本无疑是一个不错的选择。从《诗经》到《唐诗三百首》再到《唐诗别裁》,从《昭明文选》到"三言二拍"再到《古文观止》,历代学者一直注重编辑诗文选本,千淘万漉,吹沙见金。鲁迅先生说过:"凡选本,往往能比所选各家的全集更流行,更有作用。册数不多,而包罗诸作。"为承续前人的优秀传统,我们编选了"小小说美文馆"丛书。

  当代中国,在生活节奏加快与高科技发展的影响下,传统的阅读与写作方式发生了深刻的变化,小小说应运而生,成为当下生活中的时尚性文体。作为一种深受社会各界读者青睐的文学读写形式,小小说对于提高全民族的大众的文化水平、审美鉴赏能力,提升整体国民素质,在潜移默化中起到了不可估量的作用。小小说注重思想内涵的深刻和艺术品质的锻造,小中见大、纸短情长,在写作和阅读上从者甚众,无不加速文学(文化)的中产阶级的形成,不断被更大层面的受众吸纳和消化,春雨润物般地为社会进步提供着最活跃的大众智力资本的支持。由此可见,小小说的文化意义大于它的文学意义,教育意义大于它的文化意义,社会意义又大于它的教育意义。

  因为小小说文体的简约通脱、雅俗共赏的特征,就决定了它是属于大众文化的范畴。我曾提出,小小说是平民艺术,那是指小小说是大多数人都能阅读(单纯通脱)、大多数人都能参与创作(贴近生活)、大多数人都能从中直接受益(微言大义)的艺术形式。小小说作为一种文体创新,自有其相对规范的字数限定(一千五百字左右)、审美态势(质量精度)和结构特征(小说要素)等艺术规律上的界定。我提出的小小说是平民艺术,除了上述的三种功效和三个基本标准外,着重强调两层意思:一是指小小说应该是一种有较高品位的大众文化,能不断提升读者的审美情趣和认知能力;二是指它在文学造诣上有不可或缺的质量要求。

小小说贴近生活,具有易写易发的优势。因此,大量作品散见于全国数千种报刊中,作者也多来自民间,社会底层的生活使他们的创作左右逢源。一种文体的兴盛繁荣,需要有一批批脍炙人口的经典性作品奠基支撑,需要有一茬茬代表性的作家脱颖而出。所以,仅靠文学期刊,是无法垒砌高标准的巍巍文学大厦的。我们编选"小小说美文馆"丛书,是对人才资源和作品资源进行深加工,是新兴的小小说文体的集大成,意在进一步促进小小说文体自觉走向成熟,集中奉献出思想内容与艺术形式兼优的精品佳构,继而走进书店、走进主流读者的书柜并历久弥新,积淀成独特的文化景观,为小小说的阅读、研究和珍藏,起到推动促进的作用。

编选"小小说美文馆"丛书,我们选择作品的标准是思想内涵、艺术品位和智慧含量的综合体现。所谓思想内涵,是指作者赋予作品的"立意",它反映着作者提出(观察)问题的角度、深度和批判意识,深刻或者平庸,一眼可判高下。艺术品位,是指作品在塑造人物性格,设置故事情节,营造特定环境中,通过语言、文采、技巧的有效使用,所折射出来的创意、情怀和境界。而智慧含量,则属于精密判断后的"临门一脚",是简洁明晰的"临床一刀",解决问题的方法、手段和质量,见此一斑。

好书像一座灯塔,可以使我们在瞬息万变的社会不迷失自己的方向,并能在人生旅途中执着地守护心中的明灯。读书是一种积极的生活情趣,一个对未来的承诺。读书,可以使我们在人事已非的时候,自己的怀中还有一份让人感动的故事情节,静静地荡涤人世的风尘。当岁月像东去的逝水,不再有可供挥霍的青春,我们还有在书海中渐次沉淀和饱经洗练的智慧,当我们拈花微笑,于喧嚣红尘中自在地坐看云起的时候,不经意地挥一挥手,袖间,会有隐隐浮动的书香。

(杨晓敏,河南省作协副主席,郑州小小说文化传媒有限公司董事长、总编辑,《小小说选刊》《百花园》主编。)

目 录

大印象

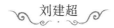

刘建超

在老街,人们把给人画像的营生称作印象。

在老街,能把画像这门手艺做得精绝的是八角楼下的大印象店。遇到个急事,有人会拿着照片,找到店里,说给"印象"一张。大印象便按照顾客的要求,把照片上的人像放大绘画到纸版上,装裱好,保证和照片上的人物表情一模一样。

去老街找大印象,老街人都会告诉你:"大印象啊,好找。去八角楼,他长着一张宽脸,短眉,眼睛不大,特有精神。"

大印象不只是活儿做得好,为人也正直实诚。大石桥段家老爷子意外去世,家人没有找到老人留下的生前遗照,便找到大印象,央求他去家里给老爷子画像。做印象这门生意的,极少上门给人画像的,用照片印象,是要借助一些技术工具的。而登门画像却全凭手上功夫,况且是给故去的人画像,不吉利,是晦气生意。

大印象二话没说,收拾起家什就到了段家。大印象对躺在棺木中的段老爷子鞠了三个躬,支起画板开始下笔。正是三伏天,屋内闷热,出于对死者的尊重,大印象连续八个小时不吃不喝,在灵棚搭建起前,画完了肖像。

大印象谢绝了段家人的优厚酬金,说:"我能给老爷子画像也是有缘啊,

算我送了老爷子一程。"

老街有个清扫街道的环卫工，大家都称他韦老头。他每天推着架子车，沿街清理垃圾。韦老头闲的时候，就爱坐在大印象的店前，吸着烟，看大印象画像，扯些家长里短。

韦老头吧嗒吧嗒有滋有味地吐着烟雾，也不管埋头做着活计的大印象听没听，自己只管说。说他和老婆的恩恩怨怨，说因为他没有照顾好妮子，十二岁的妮子溺水死了，老婆子也离家走了。

"我那妮子啊，长得可带劲了，瓜子脸，大眼睛，双眼皮，长睫毛，笑起来俩酒窝，学习好着哩！都怨我，都怨我啊。"韦老头过足了烟瘾，也叨叨够了，拿起扫把仔细地将店铺前清理干净，推着车子走了。

韦老头退休那一天早晨，去找大印象道别，大印象的店铺没开门，门上挂着一幅画像，是个女孩的画像，瓜子脸，大眼睛，双眼皮，长睫毛。

"天啊，这是我妮子，是我妮子啊。"韦老头把画像搂在怀里，老泪如珠，对着大印象的店铺拜了又拜。

大印象生意清闲的时候，端着一杯茶，眯缝着一双小眼看来来往往的行人。有人说大印象的本事是过目不忘。曾经有人打赌，带着四个男女在大

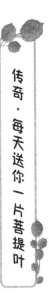

印象眼前过了一趟,让大印象把这四个男女画下来。大印象眯缝着眼,一杯茶的工夫,四张画像就出来了。四个男女惊讶地瞪大眼睛,各自拿着画像离去。

老街关于大印象的传说不少,是真是假没人去考证。不过,大印象协助警察抓窃贼的事情却是老街人亲眼所见。

那年冬天,流窜作案的盗窃团伙到了老街一带,派出所警察通知商家注意防范。没过几天,老街的一家珠宝店失窃。

警察在走访时,大印象拿出了几张画像,说:"这几个人在老街转悠几天了。"

警察按图索骥,果然抓获了三名案犯嫌疑人,只是让团伙的头子逃脱了。老街人把大印象画像擒贼的事都传神乎了。

原想这件事情就算过去了,没想到事件还有后续。春节前夕,逃跑的盗窃头子不甘心,竟然又潜回了老街。节前商家生意旺,店铺关门也晚。天擦黑,大印象起身要去关门,一个黑衣人裹着寒气闯入店里,反手扣上门。大印象正疑惑,一把冰冷的匕首抵住大印象的咽喉。大印象即刻明白了是怎么回事,平静地坐到椅子上。黑衣人匕首向上一划,大印象两眼模糊,血如泉涌。

翌日,正在饭馆里喝酒的黑衣人,被警察逮个正着。黑衣人挣扎着又哭又嚷,说警察冤枉人。黑衣人被带到派出所,吵闹着的黑衣人忽然安静了,他看到案桌上放着一张画像,那画像是用血绘出来的,画像上的人分明就是自己啊。黑衣人瘫倒在案桌前。

大印象的眼睛伤了,不能再给人画像了。有人惋惜地说:"大印象画了一辈子像,却没能给自己印象一张啊。"

老街人提起大印象还是那句话:"大印象啊,宽脸,短眉,眼睛不大,特有精神!"

光头

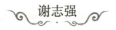
谢志强

泥水匠来给释梦师的屋子堵漏。屋顶有个天窗，被昨晚的风雨打破了。阳光直通通地照进来，地上泥泞不堪。

释梦师原在国王身边，专为国王释梦。国王时常被梦纠结、困扰，便封他为专职释梦师。可是，他释梦，漏洞百出，现实也证明了他的解释荒谬。后来，国王便把他驱逐出了王宫。他别无所长，只会释梦，成了都城的笑柄，生活落魄，几乎成了乞丐。

泥水匠担心他付不出工钱。释梦师指指破裂的天窗,自信地说:"我不会让你白干。"

封住了天窗,泥水匠察觉门前一暗,出现了一个人,光头反射着太阳的光亮,犹如点了一盏灯。他以为是释梦师的客户。

释梦师的表情,似乎早已有期待,他的笑像灿烂的阳光。

泥水匠惊奇地看到:释梦师笑着操起一根顶门棍,不由分说,朝光头当头一棒,那光头倒下了,似乎棒击的是铜制的器皿。他还没来得及去阻止,随即,地上闪闪发亮,光头已破碎,剩下一堆金子。

释梦师给了他丰厚的工钱。泥水匠还是没有反应过来。释梦师说:"我额外给你酬金,我这漏屋发生的事情,你不能透露出去。"

泥水匠曾去过很多人家,可是开天窗的独此一家。他觉得泥水匠的活儿又苦又累,他模仿释梦师,给屋子开了一扇很大的天窗。老婆唠叨他,他便说:"女人别多嘴,看我怎么发财,有些事一说出来就办不成了。"

泥水匠上街,物色光头。他很失望,偌大的一个都城,光头非常稀缺。难得遇上一个光头,就是碰上个也坑坑洼洼,不如发生奇迹的光头那么饱满、干净。

他恨不得给自己剃个光头。这一点他倒是自信,他的脑袋,确实符合那个形状。但是,敲击了自己的光头,他怎么获得金子?那不就等于让别人享受——自己的头破了,有了金子,老婆改嫁了,他的老婆就是别人的女人了。

泥水匠过去不信佛。这回他第一次进了寺庙,虔诚地烧香拜佛,但目光却盯住和尚——那么多的光头。他模仿香客,捐了钱,然后,他发出了邀请,请和尚去他家做法事。

方丈看出他是临时抱佛脚。

泥水匠说:"从现在起,我皈依佛门。"

方丈问:"你家发生了什么事?"

泥水匠说没发生什么事,他说只是他觉得人生苦短,唯有信佛,方能解

脱烦恼。他毕竟做了一些功课,不然怎么打动方丈?

方丈慧眼,看出了他有一颗蒙着凡尘的心,委婉地拒绝了他。

泥水匠已有了经验,他到一个不起眼的小庙,布施了从释梦师那里挣来的金子,请求住持带两个小和尚去他家做一场法事。

泥水匠已预先送老婆孩子去了娘家。三个和尚一进门,他立即关上门。一方阳光从天窗照进屋内,三个和尚的光头交相辉映。他笑起来,操起顶门棍,挨个击打了三个光头,发出沉闷的声音。那血像鲜红的花。和尚们抱着头呻吟。

泥水匠失望了,他认为是没敲好,没掌握好轻重。

三个和尚破门而出。

泥水匠被逮捕的时候还在纳闷。他蹲了一年牢狱,还是琢磨不透。那三个光头,像西瓜一样,瓜汁、瓜瓤溅开来,怎么没出现金灿灿的情景?

妻儿也离开了他。一年后,他回到冷冷清清的屋子。天窗已破裂。屋里有麻雀、老鼠。他抱着疑惑,拜访了释梦师。显然,释梦师的日子过得相当滋润。

释梦师说:"说说你的梦吧。"

泥水匠问:"梦是什么?"

释梦师说:"没有梦,你找我干什么? 我的屋子已不漏。"

泥水匠从来就不做梦。他说了自己一年前的遭遇,问为什么同样是光头,还增加了两个,却敲不出大师的效果。他请教棍子敲下去怎么掌握轻重。

释梦师说出了屋漏那一夜的梦。梦里闯进一个光头,约他天亮堵漏后,一旦自己出现,就用棍子当头一击。如此这样,光头就会变成实实在在的金子,而且能发出悦耳的声音。

他说:"你当时看见的仅仅是表象,本质如同树根,深深地扎在梦的土壤里。"

泥水匠表示没有泄露金子的秘密。

释梦师说:"你不会做梦,却生硬地寻找光头,梦境是因,现实是果,因果因果,没有因何来的果?"

从那一天起,泥水匠修好了天窗,闭门不出,躺在炕上睡觉,等待梦的降临。可能是昼夜颠倒,时睡时醒,弄得他精神恍惚。他似乎看见一片瓜园。阳光里一地的西瓜,又亮又大,他操起棍子,挨个敲打,西瓜破裂,鲜红的瓜汁四溅。他闻到了血腥的气味。他有生以来,做了第一个梦。惊醒后,他一身冷汗。他用手拍了拍脑袋,似乎在试探一个瓜熟不熟,然后,他上街剃了个光头。

对子传奇

张晓林

在宋朝,常见的三种文字表达方式与书法有关。一是文人间的书信往来,我们今天称其为手札;二是文人的即兴吟诗填词,我们今天称其为尺牍;再一种就是对子了。

苏轼在这三个方面都是高手。但若论起在民间的影响来,对子当推为第一。

对子又叫对联。这种形式在宋朝已经普及到千家万户。老百姓衡量一个文人有没有才华,就是看其对子对得怎么样,机智不机智,调皮不调皮,幽默不幽默,有没有学问。当下逢春节所贴的春联,即对联的一种。豫东一带的乡下,至今仍把贴春联叫贴对子。

几乎每一副对子背后,都有一个典故,一段传奇,一篇故事。

我们还是以苏轼做注脚吧。苏轼有一副著名的对子。上联是:"坐,请坐,请上坐!"下联是:"茶,敬茶,敬香茶!"

这副对子的背后隐藏着的是苏轼与一个老和尚的故事。关于这则故事我不想再说多余的话,因为在民间它几乎是妇孺皆知。

只有一点我得向读者挑明,原因是这一点常常会被大家所忽略。其实,这副对子的原创作者应该是小庙里的老和尚。可以说它是老和尚一生生活经验升华后的结晶。可悲的是,老和尚压根就没意识到他分三次说出的六句话会有可能成为传世之作。

苏轼在小庙里稍坐后告辞时,老和尚向他索求墨宝。苏轼也不推辞,瞅着老和尚,眼睛已笑得眯成了一条线,嘴角略带讽刺意味地向上翘起。他濡毫挥笔,老和尚一生沧海桑田的感悟,顷刻间化作了苏轼笔下的历史名对,并一传上千年。

这是苏轼的机智之处。

苏轼对对子的传奇远播辽国,有一个人很不服气。这个人叫耶律忽,相传是辽国对对子的第一高手。耶律忽在辽国备受尊重,辽国狼主封了他一个很大的官,他拿着很高的俸禄,但只干一件事:对对子。辽国国民不论谁有了心爱的东西,都会恭恭敬敬地送到他手上。

耶律忽曾绞尽脑汁出了一个对子的上联:"三光日月星。"

十多年了,立了无数擂台,辽国上下竟然没有一个人能对得出来。

耶律忽带着这样一个对子的半成品,来到了东京。他以使臣的身份向大宋朝廷递交了国书,正式向苏轼挑战。他要与苏轼来一场国际对对子大比拼。

赛场设在御街樊楼。

耶律忽第一次见到苏轼,恭恭敬敬地朝这位传奇人物行了一个契丹礼,然后在一幅白绢上用契丹文写下了上联:"三光日月星。"

写好,退至一旁,目视苏轼。

苏轼微微一笑,捻起一管宣城诸葛丰鸡毫,在另一幅白绢上挥笔立就:"四诗风雅颂。"

思维之敏捷,运笔之洒脱,把耶律忽看得呆住了。

等下联对出,耶律忽深思良久,方拊掌赞叹说:"此绝对也!"

苏轼再一次微微一笑,说:"不然。"

又一次捻起诸葛丰鸡毫,在白绢上用行书对出另一个下联:"四德元

亨利。"

耶律忽忽然笑了。他知道，所谓"四德"，即"元亨利贞"云尔。苏轼把其中一德"贞"给对丢了。

耶律忽正想指出其中纰漏，还没开口，苏轼却说话了。

苏轼说："阁下一定以为我落了一个字，对吗？宋辽两国虽和为兄弟，你毕竟是外臣，我不说出来的那个字正是我大宋仁皇帝的庙讳啊！"

耶律忽恍然大悟，吐了吐舌头，把到嘴边的话生生又咽了回去。

耶律忽见识了苏轼的文采，长叹道："真天朝士也，我等难望其项背啊。"

叹完，朝苏轼一揖到地，回辽国去了。

此事过后不久，一天，苏轼正在家闲居读书，忽然闯进来几个凶恶粗暴的衙役，不问青红皂白，上前就把苏轼摁了个老婆顶鸡，接着，一个宦官走过来，宣读了圣旨：贬苏轼一千五百里，去岭南惠州自省，即刻起程。这时的苏轼已是近六十岁的老人，此一去岭南，就再也没能回到东京。

很快，耶律忽就知道了这个消息。当时，他一下子愣住了。后来，他拎着一囊烈酒，走出帐篷。他遥望东京方向，深深地拜了三拜，然后旋掉囊塞，洒酒为苏轼壮行。洒酒至一半，耶律忽突然大哭起来。

醉墨堂及其他

张晓林

　　石苍舒是长安人。北宋时长安也叫京兆，一些典籍又多称他为京兆人。

　　石苍舒和苏轼多有交游。苏轼在凤翔任签书判官时，往返汴京都要经过长安，去石舒苍家里坐一坐，喝喝茶，说说书法上的闲话。石苍舒书房的斋号叫醉墨堂，苏轼曾为醉墨堂写过一首诗，其中"我书意造本无法，点画信手烦推求"两句最为著名，几乎为书法界的方家所熟知。

　　起斋号为醉墨堂，一定是有缘故的。缘起应是石苍舒藏有褚河南《雁塔圣教序》真迹。他得到这一墨宝时，曾大醉三日，酒醒后，就改斋号为醉墨堂了。

　　文潞公在长安做主帅时，也曾到过醉墨堂几次。文潞公有北宋第一名相的美誉，无非有两点缘由：一是文潞公在宰相的位置上断断续续地坐了五十余年，历事仁宗、英宗、神宗、哲宗四朝；二是文潞公的岁数在北宋时期是个神话，传说他活了九十四岁，仅从这一点说，恐怕北宋宰相中无人能比吧。

　　这些都不重要，能来醉墨堂，多半因为文潞公是书法家，对书法有着难以割舍的情结。文潞公的传世墨迹，在他的故籍介休博物馆里存有十六字的楷书拓片。北京故宫博物院藏墨迹《三札卷》，台北故宫博物院藏《得报帖》《洛口帖》《内翰帖》等，都是行书墨迹。1976 年，洛阳伊川县城关镇窑底

村西出土《王拱辰墓志》。此志由安焘撰文，苏辙书丹，文彦博篆盖，是文潞公的篆书。由此看来，文潞公书法是各体皆精的了。

文潞公对自己的书法也颇为自负。有一次，文潞公、黄庭坚等人在一起雅集，喝了几杯小酒后谈论起了书法。黄庭坚说："潞公的书法堪与苏灵芝比肩。"

苏灵芝是谁？唐玄宗时的一个儒生，做过登仕郎、录事、军曹参军一类的小官。他的书法在当时名气很大，几与徐浩齐名，后人甚至把他和李邕、颜真卿并称。苏灵芝一生做的都是比芝麻还小的小官，他书法上的名气，应不是官位高、财大气粗、裙带关系复杂的产物，靠的是书法上的真功夫。

黄庭坚把文潞公的书法与苏灵芝并论，应该是很客观的。

可文潞公不愿意。文潞公说："苏灵芝那叫书法？叫墨猪还差不多！"

黄庭坚讨了个没趣，默然而退。

文潞公为何当众办黄庭坚的难看，其动机已经无法查考了。我们只能推测说，文潞公不喜欢别人拿他的书法和苏灵芝之流的书法相比较。

对文潞公书法进行评价，除黄庭坚外，南宋的诗人楼钥算一个，他在他

的著作《攻愧集》中这样说："潞公翰墨飞动,使人望而畏之。"一个"畏"字,让人很是费解。书法作品本身有什么可让人害怕的呢？私下想一想,明白了,楼钥有论书兼论其人的意思。

石苍舒经历了一件事,倒是能给若干年后楼钥的这一理论做一注脚。一天,文潞公来醉墨堂,恰巧苏轼和石苍舒正在赏玩《雁塔圣教序》墨迹。文潞公一见,大呼："今天真要大饱眼福了！"他把褚河南的墨迹拿在手里,赏玩不已,再也不舍得放下了。

临别,文潞公恳请说："借阅墨宝二日,找高手临摹一本,也好时时雅赏。"

石苍舒竟无言以对。

过几天,石苍舒接到文潞公的邀请,要他去参加一个酒宴。等他到达地点的时候,看见已经有很多人聚集在那里,多为文潞公的僚属,还有一些长安的地方官员和文人雅士。石苍舒走进去,除文潞公朝他微笑一下,其他竟无一个人与他打招呼。

等大家都坐定,文潞公让人呈上两本法帖,一为《雁塔圣教序》真迹,一为它的临本。文潞公让大家朝前靠靠,指着真迹和临本,说："今天请诸位来,就是让你们鉴别一下这两本法帖哪一本是真的。"

大家你看看我,我看看你,然后又去看那两本法帖,一起指着《雁塔圣教序》的临本,喊："这一本是真迹无疑！"

石苍舒吃惊地看着大家,他眼前晃动着无数张圆圆的嘴巴,自始至终,他呆呆地站在一旁,没能插上一句话。酒宴结束时,文潞公笑着问他："苍舒有何感想？"

他苦苦一笑,说："苍舒今天才知道穷书生的孤寒啊。"

回到醉墨堂,一连几天,石苍舒的思绪都无法从那场酒宴上收回来,人们为什么都要指假为真呢？后来他想通了,这些人或者有求于文潞公,或者慑于文潞公的权势,他们心理上对文潞公有着一种畏惧。

或者说，是文潞公这个人叫他们害怕。

在文潞公身上，发生过这样一件事。

文潞公和狄青是同乡。狄青在定州做行营副总管时，文潞公曾派门客找他办过事，结果没能令文潞公满意，算是得罪了文潞公。文潞公便记在了心里，底下发狠话道："走着瞧吧，让你有好果子吃！"

狄青因战功显赫来京城做了枢密使后，就大加犒赏士卒。士卒们得了衣物粮食，铜钱布帛，走在大街上，见人就炫耀说："狄家爷爷赏的。"

文潞公听说了这件事，就去见宋仁宗。仁宗坐不住了。士卒眼里只有狄青，没有朝廷，太可怕了！文潞公趁机进言说："先把狄青的枢密使职务撤掉，再把他撵出京城算了。"

仁宗又踌躇起来，狄青对赵家有大功劳啊！

第二天，仁宗召见狄青，委婉地告诉他，朝廷有让他离开京城，出任两镇节度使的意思。

狄青感到很突然。狄青说："陛下，臣近日无功，却突然被授予两镇节度使；也没有什么过错，却凭空要被赶出京城，臣不明白什么意思。"

仁宗沉思良久，没有再说什么。

隔一日，文潞公再来见仁宗，问起狄青的事。仁宗说："这两天我前后想了很多有关狄青的事，总觉得他是一个忠臣。"

文潞公冷笑，说："太祖难道不是周世宗的忠臣吗？是下面士卒逼他黄袍加身，才致使有陈桥之变啊！"

这一下子戳住了宋仁宗的痛处，他默然无语了。

自仁宗召见后，狄青心下一直惴惴不安，他就来找文潞公问个究竟，问一下这个宰相同乡前两天仁宗想让他外出任两镇节度使，到底船弯在哪里。文潞公紧紧盯着狄青的眼睛，带着很亲近的神色说："没有别的原因，是朝廷怀疑你了。"

狄青不解，问："怀疑我什么？"

文潞公放低了声音,说:"怕你再来一次黄袍加身。"

就是这一句话击垮了狄青,他满脸的惊慌恐怖,醉了一般接连倒退,险些被门槛绊跌在地上。

不久,狄青以检校太尉同平章事护国军节使这一长溜的头衔出任陈州。

文潞公没有放过他。狄青在陈州任上,文潞公每个月两次不定时派中使去"抚问"他。每当听说中使要来陈州了,狄青都是惶恐焦躁,惊疑终日。次年,狄青病死在陈州。

后来的史书上说,狄青的死,都是文潞公的计谋。这样的人,够阴狠的了,有谁与他处事不感到害怕呢? 回过头再来读楼钥的"使人望而畏之"一语,也就不难理解了。

传奇·每天送你一片菩提叶

门神

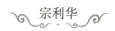
宗利华

陶门神一大早就吩咐:"关闭城门。"

夫人便笑眯眯地去关上自家大门。水早已温好,盛进大木盆。门神躺进去,闭目养神,直至水微凉。陶门神有一怪,请画版之前,必要沐浴,净手,焚香,叩头,尤其是请钟馗之前。

人家不叫雕,不叫刻,不叫画,叫请。

门神一身清爽,飘然去书房。这一日他不吃不喝,夫人也绝不去请三问四。傍晚时分,门神摇摇晃晃地拉开房门,喊:"渴啦!"

院子里一丛翠竹下,夫人早已端坐半日,此刻一路细碎小步而去。

一块画版已然制好。

每制完一版,门神必细细品一壶茶,清洗浊气。他说:"这一天下来哟,人都脏了。"

品完茶,又沐浴完,这才吃饭。饭罢,喊儿子陶天去印。陶天雕刻手艺尚欠,但印制、着色、装裱,已承继衣钵,在溪镇也算把好手。

溪镇是年画重镇,陶家更是赫赫有名。门神这人怪是怪些,活路儿是真好。同样的钟馗,他请出来的,就有灵异之气缭绕其上。人在门前走,想不看一眼都难。那钟馗是活的,在招手,在舞蹈,在戏弄你。人都说陶家的钟馗,活人看了,想停住脚陪着嬉闹一番,鬼魂见了却立马绕道儿走。还有个说法,做坏事的人,把他擒到陶门神所画钟馗前,立马现原形。坏人不敢看,看一眼浑身抖。

陶门神雕刻的钟馗画版,只印一幅。儿子陶天不需他吩咐,印制完毕立刻焚毁画版。如此年画,哪能不奇?凡得到者,都会精心装进画框,大年三十于大门口挂一晚,次日就当藏品收起来。他家钟馗根本不怕偷,没人有这胆儿。有一次,一户人家年画被盗,次日傍晚端端正正给挂了回来。据说画上的钟馗撵得那小贼屁滚尿流。

陶天亦学他父亲,沐浴,焚香,清心,凝气。刀还是那几把刀,材质也还是那材质,甚至雕刻地点也是在父亲书房。但每次拿来给父亲看,父亲眼睛里总也不见一丝亮光。

一日,陶门神一声叹息:"儿啊,现在你还请不来。"

转眼间,战事频仍。一日,陶天小心翼翼地问父亲:"那些人看你的画,也会心惊吗?"

陶门神早看透儿子心思，说："去吧，回来再看我的画。"

数年后一个春节，陶天一身戎装立在门口。门口却无画。陶门神站在门内，抄着手，并不开门，说："你走吧。"

陶天叫喊良久，门并不开，于是策马而去。

夫人在一边垂泪，说："我就一个儿子！"

陶门神语气冰冷："还不如没有。"

陶天刻版不行，杀人却拿手。传言纷纷进了陶家，说陶天已官至团长，曾杀过多少人，等等。陶门神冷笑，后来日日紧闭大门。

又一年，陶旅长在兵士簇拥下立在门前。这一次，陶门神开门，一拱手："陶旅长请进！"

他把儿子直接带进书房。一到门口，陶天竟踟蹰不前。

门神回头招呼："进来呀，进来。"

陶天小心翼翼走进去，顿时，呆若木鸡。书房四周，挂满年画刻版，均是钟馗！

陶门神笑眯眯地说："陶旅长，再印幅画吧？"

陶天嘴唇动了半天，说："好。"

除去军装，除去腰间的枪，他问："爹，印哪一幅？"

陶门神捏着一紫砂茶碗："任选。"

陶天取最近一幅在手，竟吓得牙齿都格格响起来，差点儿把画版掉在地上。他迅速将画版放回原处。

陶天说："我做不了。"

"为何？"陶门神逼问。

陶天不语，良久，跪拜而去。

又两年过去，时值隆冬。陶门神夫妻二人早站在堆满积雪的门口，向远处眺望。终于有一辆车走近，缓缓停下。车门一开，先探出一只脚，然后，一副单拐点在地上。陶天没穿军装，看一眼大门口，两扇门上，竟各有一个钟馗。他露出笑来,喊道:"爹,你从来不在门口挂两个钟馗的。"

陶门神微笑:"天儿,这年代应该挂两个。来,欢迎咱家大英雄回家!"

陶天那条腿,是被日本人炸断的。

陶门神仙去时,溪镇年画工艺正慢慢苏醒。就在众人叹息陶家年画手艺难以为继时,陶天在门口挂出他平生以来刻的第一幅钟馗年画。差不多整个溪镇的年画艺人都聚了去瞧。瞧罢,一声惊叹,溪镇又一个门神诞生啦!

陶天的怪异一如其父。只是,走向书房的背影略显凝滞。拐杖敲击在青石板上的笃笃声,似乎夹杂一丝苍凉。拐杖旁边,一根空空的裤管飘来荡去。

陶天六十岁那年遭遇大劫,许多年轻人把他摁到台上,胸前挂着钟馗像,让他认罪。家里的制画工具早就被付之一炬。他那条好腿,也因一个举动被毁掉!那是一幅被层层包裹的钟馗年画。据说,谁也不敢把那钟馗亮出来。就在那幅年画被扔进火焰时,陶天忽地一下站起来扑过去!因没有拐杖,他又重重地摔在台子上。恰在那时,烈焰中发出一声爆响!整个会场鸦雀无声!良久才开始山呼海啸。有一根棍子,狠狠地敲在陶天那条好腿上。好在有人提及,陶天乃当年抗战英雄,这才使得他逃过更大一劫。八十一岁,两根裤管空空荡荡的陶天,悄然离世。

此人终生未娶,陶家门神却并没失传。

时至今日,溪镇门神年画,仍为一绝。

侠丐

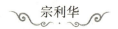

宗利华

小镇上，当然有悠闲人。

所谓悠闲，得有资本。穷人们为生计所迫，吃了这顿，惦着下顿，能悠闲得起来吗？卖烧饼油条的、甩开膀子叮当打铁的、戴着老花镜弯腰锔盆锔锅锔碗的，这些人，哪有闲工夫？

邬先生有。

邬先生什么都不做，人家靠祖上传下来的家业过活。祖上放过外任，虽不得志，但不至于落魄，置些房地产，攒下了些银子。到下一代，对于做官不感兴趣，但根子扎得深厚，过起乡绅日子。再到邬先生，继续悠闲。

地里活儿，自有人打点。主人家不刻薄，下人也不欺负人。到时令，下人吆喝着马车，送新鲜粮食蔬菜水果来。当然，也有银子，规矩地奉着。

邬先生干吗？

他打牌，逛戏园子。有时，跟官府的人坐在酒肆里。邬先生生得佛相，坐在那里，稳如磐石，不说话脸上都带着笑。镇上的三教九流，都喜欢他。连翠花楼的姑娘，他都结交，给人家拉京胡，弹弦子，也会抚弄几曲古筝。姑娘坐一旁，或听或唱。罢了，邬先生拱拱手，告辞。

邬先生不行风流事儿。邬先生说："那是累人的活儿。"

　　小镇上人来人往,杂七杂八。本地人都觉得怪,不知邬先生是怎么和那些人一见如故的。江南一带的客商回去半年,专门托人捎上等茶叶,请他品评。

　　镇上人差不多都认得邬先生——好人一个啊!

　　这天,打镇东头走来一乞丐。

　　乞丐一闪现,邬先生的目光,叮当一下,落在他脚上。乞丐走道儿,脚尖先着地,轻盈一点,身体就弹簧般跃起。邬先生微微一笑,端起茶碗,拿盖儿一抹,轻抿一口,扭头,面朝肩上搭洁白毛巾的伙计,赞一句:"好茶。"

　　茶馆旁边,是王婆子开的烧饼铺。王婆子雇了两个小伙儿,与她一起忙。乞丐立住,两脚叉开,伸出手去。王婆子低身,拿起一个火烧,递过来。乞丐不接,手仍伸着。王婆子的笑僵住,似乎有了怒气,把火烧扔下。乞丐把手伸向小伙儿。小伙儿看王婆子。王婆子哼一声。小伙儿拿起火烧递

去，那乞丐才接了，伸向嘴边。

邬先生拿出几枚铜板，往桌上一叠，站起。小伙计弯腰道："邬先生，走好。"

随后，街上人见邬先生与乞丐并肩走去，边走边呵呵笑，都不以为奇。

两人一先一后进了宅院，乞丐四下展眼打量，邬先生一声吆喝："看茶！"

院内有一株古槐，树盖如伞。两人坐树下，爽爽凉意，从心底升起。遂摆了围棋。有槐蚕飒飒而下，打在棋盘上。邬先生棋面上圆滑无比，左右逢源，却是暗中蓄势，步步收紧。那乞丐出手凌厉，每每行刁钻怪异路数，却都被一一化解。忽然，乞丐右手一抖，一道寒光，飞到树上，一声惨叫，一只麻雀跌落棋盘。邬先生眯了眼去瞧，那雀儿脑壳上，有一道血孔，兀自汩汩地流。

乞丐眉心紧锁。

邬先生笑。

邬先生伸出食指中指，捏起麻雀翅膀，轻轻提到一边。

乞丐双手一摊，道："我输。"

邬先生却问："为何那王婆施烧饼给你，你却不接？"

"女人本来依赖于男人，我堂堂五尺男儿，怎会求她施舍？"

"这倒也是。"邬先生拈须，点头。

乞丐却说棋："为何我总是无路可逃？"

邬先生伸出右手食指，点向乞丐胸口。

两人对视一眼，仰天笑。

树上数鸟，扑棱一声，散去。

自此，两人朝夕相处，一并下棋，一并去茶馆酒肆。渐渐，也去赌场。庄家见邬先生，连道："稀客。"

乞丐仍是那身行头，丝毫不见卑琐形态。喝得酣畅时，两人手牵手，沿石板路，晃出一道风致。

一日，两人去野外打猎。乞丐动如脱兔。不时，两人肩上多了几只野兔。不料，迎面撞见一幕丑剧。镇上首富王掌柜的公子正戏弄一名村妇。王掌柜经营赌场，生意做大，阔得不行。儿子仗老子有钱，官府背景强大，不免就狂得变形。村妇被他压在身子底下，像只折翅小鸟。

邬先生看一眼乞丐，眼里，透出寒光。乞丐却皱眉，看天，过了半天，扭转身，往前走。邬先生叹息，竟踏步向那恶少而去。正走两步，忽地立住！只见恶少直挺挺地躺倒，脑门上露出一道血孔。邬先生回头，那乞丐立在残阳中，兀自冷笑。

次日傍晚，两人坐在酒楼靠窗位置。几杯酒下肚，乞丐拱手："我原本一身血案，恐累及先生，此处已无我容身之地，就此告别。"

邬先生望向窗外。对面，一排灯笼，红透半边街道。

乞丐站起，往外便走。不料，行走两步，以手抚按腹部，慢慢弯下腰来。身后，邬先生额角，亦有汗珠渗出，他伏在桌上，四肢竟也不能动弹。

楼梯口闪出几名官兵，持刀，面带冷笑。

数日后，乞丐和邬先生被一并绑赴镇外。小镇人多年不见杀人，都拢来，远远地瞧：都看到两人谈笑风生，都看到刽子手手起刀落，都看到两股红晕，直蹿半空。

有女人的哭声，漾起来。

梅花引

梅　寒

　　清鹤擅画,不画山水,不画美人,只画梅花。清鹤画梅,亦有选择,不画红梅,嫌红梅太妖;不画蜡梅,说蜡梅太瘦。清鹤只画白梅。

　　清鹤的白梅图,浓淡墨做梅树枝干,白描淡墨作花,浓墨点蕊,水墨淋漓,疏朗秀挺。花朵不娇不艳,清秀飘逸,骨干却浑厚遒劲,力透纸背。多少名流不惜花重金,欲求清鹤一幅白梅图,都被她冷冷拒绝。

　　清鹤作画,只自赏,从不送人。

　　清鹤长得玲珑小巧,典型的婉约女子。清鹤的家世也好,祖辈几代为官,书香门第。可清鹤的婚事成了父母心头一块搬不开的巨石。前来提亲的人将家中门槛踩破,清鹤送给他们的永远只是那一句:"不见。"

　　清鹤就那样一直耽搁着,成了无人敢问的老姑娘。清鹤二十七岁那年,身边终于出现一位身着月白长衫的青年男人。男人是一家刊物的文字编辑,听说清鹤擅画梅花,慕名前来,向她讨一幅梅花图。

　　男人说:"清鹤先生的白梅图骨骼清奇气质不俗,配那些抗日宣传诗文再合适不过。"说这些时,男人面色平静,不卑不亢。清鹤的心,竟然没来由地轻轻颤动了一下。只轻轻一颤,就复归宁静。

　　白梅图配宣传文,丝毫不搭界的事啊。可那天,男人走时还是带走了清鹤新作的一幅梅花图。

此后,清鹤的家里就常常出现青年男人的身影。清鹤父母对男人本无甚好感——一个穷困的落魄书生而已,然而想到清鹤年龄一天大过一天,有个男人,聊胜于无,也只好睁只眼闭只眼,由了他们去。

那是清鹤生命中的第一次恋爱吧,那一次爱恋像一把火,让清绝孤高的清鹤也渐渐融化,既而沸腾。一向循规蹈矩的清鹤竟然不顾亲朋反对,开始公然出入男人那两间租来的斗室。

男人作文,清鹤作画,书画相配,刊物的发行量平添一大截儿。看到男人脸上孩子气的开心笑容,清鹤手中的画笔挥动得越发有力。

那样的日子,清鹤只过了一年。一年后的冬天,男人的结发妻子牵着蓬头稚子的小手,满脸风尘地站在那个小院门外。清鹤手中的画笔,"当"一下落下来。一张就要作好的梅花图,变为一张废纸。

男人前来试图向清鹤解释。清鹤不开门,耳朵里塞了棉花,拼命地在画布上涂。男人在门外说站累了,颓然离去。

几个月后,男人龙飞凤舞的信轻轻飘到清鹤的案上。他在信上说,他准备在南洋买房子,过段时间就回来接她。男人还说,没有她,他的生命从此将是一片空白,那一段包办姻缘带给他的只是无尽的痛苦。

清鹤的泪头一次疯了一样溢出来。

"去吧，走得远远的，跟他好好过日子，再也不要回来。"说这话的，是清鹤的母亲。那几个月，母亲看着女儿生生地煎熬，心里疼啊。

"不去。"清鹤轻轻将那封信扔进了火里。

隔了数日，男人的信又到了。清鹤看也不看，就将信丢进火里。

渐渐地，男人的信不再来；渐渐地，清鹤的满头青丝就染了霜。

时间一晃过去了二十多年。二十多年后，男人从南洋又漂回来，安安分分守着家，写作，过日子。男人已经是颇有名气的作家。清鹤还是作画，画梅，也开始以画养活自己。

不见面，不通信息，清鹤只当自己从来没有认识过那个人。待那段黑白不分的癫狂岁月忽然一下子降临，男人被揪上台，被猛踢、猛打、猛踹，清鹤也因此受了牵连。他们将她一并提了去，让她交代他们曾经的过往。

"说出来，会免受很多痛苦的。"问的人步步紧逼。

"不认识。"清鹤一脸笃定。

因为这个回答，清鹤也被打得皮开肉绽，到底还是没说。男人却顶不住了。在他常去的那片园子的那座小山上，一棵梅树、一截短绳，收走男人孤苦无依的魂魄。自行了断的男人，家里人都不敢去给他收尸。是清鹤去把他背回来的。清鹤给男人清洗伤口，换上干净的衣服，又替男人刮了胡子，理了发。

清鹤做这一切时，没有掉一滴眼泪。清鹤埋葬了男人，她自己活了下来。

岁月荏苒，清鹤把所有的心力全给了画，渐成画坛泰斗。有好奇好事的传记写作者一次次敲开清鹤大师的门，希望从她那里寻得蛛丝马迹。当今国画泰斗与已故文学大师的爱情往事，光听题目就引多少人无限遐思。清鹤不恼不怒，只淡淡一句"恕不奉陪"，就让来者知趣退去。

清鹤终生未嫁，八十五岁驾鹤西去，无疾而终。清鹤去时，不要花圈不要葬礼，只有一幅白梅图陪她下葬。

小先生

刘立勤

州城人都不知道他姓什么叫什么,也不知道他来自何方。

州城人只知道他是一个盲人,眼睛看不见,却在醉仙楼前摆了一张桌子,做起给明眼人指路的生意。

州城人习惯把他叫作先生。他只有三十来岁,州城人就叫他小先生。

人常说,算命查八字,凑钱养瞎子。州城人厚道,有了闲钱,就到小先生的摊子前和他拉呱拉呱。三拉呱两拉呱,陡然对他肃然起敬了。谁想那小瞎子真是厉害,竟把明眼人说得一惊一乍的。

小事不说了,就说奎五吧。奎五是个小货郎,每天挑一个货郎担子转四乡。生意虽然不好,却养活着一家老小五口人。突然有一天,奎五犯了腿痛的毛病,找了好多医生看,就是治不好,家里眼看没法子过了。奎五的老娘找到小先生问一家的活路。他掐指一算,说奎五家房子的顶梁柱上有一截草绳子成精作怪,把绳子剪掉扔进水里,再用酒火把痛腿揉揉就好了。

老娘给奎五一说,奎五硬撑着爬上楼,顶梁柱上真有一截草绳子。奎五小心剪下,扔进水塘。回头沾了二两白酒,用酒火揉揉痛腿,当下轻松,第二天能正常走路,第三天就挑货郎担卖货去了。

谁都知道茂盛绸缎庄的黄老板有个头疼的毛病,已经四五年了。疼起

来虽然不至于钻心,可是手脚发麻,四肢用不上力。特别是遇上阴雨天,那份痛更是让人难过。黄老板是有钱人,看遍了州城的名医,还去省城看西医,也找了好多的游方郎中,花了好多的钱,都不见效。

黄老板找到小先生。小先生问了他的生辰八字,又掐指一算,问黄老板几年没有回老家了。黄老板说五年。

小先生说:"那就对了。你回一趟老家,你老父亲的坟头上生了一棵树,你把树拔了,毛病就好了。"

黄老板回了一趟老家,父亲的坟头上真的有一棵小树。拔了树,他立马经络通畅,通体舒坦。

小先生生意越来越好,找他的人越来越多,还有很多外地人。当然,也有不服的,比如麻六。麻六是个二鬼子,无恶不作,坏事做尽,州城的人恨不能扒了他的皮。他身后有日本鬼子,人们敢怒不敢言。

麻六听说了小先生的传奇后,提着枪来找小先生的麻烦。好心人提醒小先生躲避一下,小先生却摇了摇头,人们只好躲到一边看热闹。远远看去,麻六凶神恶煞一般,小先生却沉着应对。末了,麻六悻悻离去。一连几天,麻六来时凶神恶煞,最后都是悻悻离去。

几次三番,州城不见了麻六。有人说麻六领着手下的二鬼子炸鬼子的炮楼时炸死了,有人说麻六投奔了国军,也有人说麻六投奔了八路。问小先生,小先生摇头一笑,也不作答。只知道找小先生问路的人很多,好像每个人都找到了自己的路子。

小先生的生意更红火了,驻扎在州城的洪团长也请他算命来了。

洪团长是州城伪军的团长,官运财运样样通达,可惜没有儿子。三年间他连续娶了四房太太了,还是不见一男半女。洪团长望子心切,找到小先生,问如何才能得到一男半女。小先生掐指一算,又摇头晃脑一番,说:"你回家去把你家正房后面的下水道用竹竿捅一下,啥都有了。"

洪团长回家后,亲自用竹竿疏通下水道。过了两个月,几个太太相继怀孕,第二年洪团长就得了两男一女。洪团长一高兴,不仅亲自送来一千块现大洋,还要请小先生做师爷。小先生收了大洋,坚决不当洪团长的师爷,依然忙着为明眼人指路的生意。

小先生虽然没当洪团长的师爷,却操心着洪团长的事情。洪团长有什么事,都会把小先生请到府上协商,小先生也尽心竭力。在那个艰难的时期,洪团长的队伍越来越壮,儿女也越来越多,各方的关系也越来越通达。

后来呢,洪团长竟然带着人马投奔了八路。

再后来,小鬼子投降了。人们看见小先生的摊子前来了好多的军人,有八路,有国军,有洪团长,还有失踪很久了的奎五。他们都是来感谢小先生的,感谢小先生给他们指出了一条光明大道。

小先生连忙说:"我要感谢你们呢。我是个瞎子,杀不了鬼子,感谢你们替我这个瞎子去杀鬼子呢!"

小先生说完就笑,笑得一脸灿烂。

上三旗

田洪波

  大画家张子恒画室的木椅坏了，准备换套新的。有人给张子恒推荐城西的乔木匠，说乔木匠的铺面虽然不大，手工也慢，却比较讲究信誉和质量。这之前张子恒从报纸上看过关于他的报道，所以二话没说，亲自登门预定。

乔木匠五十开外的年纪,剃着板寸头,发茬泛着丝丝青白,他认真地听张子恒讲他的要求。

张子恒的画室三十多平方米,平时常有三五好友造访,喝茶、品画、聊天。因此,张子恒有意定制六把上好材料的木椅、一款式样讲究的茶桌。乔木匠用铅笔认真记张子恒的话,两道粗黑的眉毛拧着,在一个本子上不断勾画。一应手续办妥,乔木匠让张子恒回家等着量尺寸,言明时间上他会尽量往前排。张子恒这才醒悟,敢情预定家具的人不少,需要按号排队。

张子恒问能否提速,画室没有木椅可坐,好友不便上门交流,时间长了,甚至可能影响他作画的状态。张子恒提了几个建议,乔木匠均摇头,到最后可能觉得他的心态有点儿问题,就笑了几声,说:"您安心等着就是了,该急时我自然会急。我们讲究产品的质量和信誉,交货时保证让您满意。"

张子恒尽管心有不甘,可也没办法,只好离开。

张子恒琢磨,这也可能是有意吊他的胃口,似乎不这样,不足以显示自家的活儿好。他把这心思说给好友听,好友表示赞同,好友说:"可能真的这样。俗话说得好,无商不奸!不过这样也好,我们可以一探他的手艺。但愿奇人有奇处,家具做出来,让你的画室从此增光添色。"

谈不上望眼欲穿,时间却似乎过了很久,张子恒才等到有人上门量尺寸。乔木匠带着徒弟,亲自前来。张子恒客气地把两人让进客厅,吩咐家人沏茶,微笑说:"你那么忙,区区量一个尺寸,打发徒弟来就是了,何必要亲劳大驾?"

乔木匠羞赧道:"哪里谈得上什么大驾呀?我得看看您家壁纸是什么颜色的,用什么样的木料配才合适。"

张子恒心里嘀咕,别是又要给自己贴什么标签吧?嘴上应着,又忙着给两人递烟。两人摆手表示不吸。

乔木匠拿着尺子,一丝不苟地丈量尺寸,徒弟小心翼翼地配合。乔木匠问徒弟一个数字,徒弟答得有些含混,乔木匠的额头上暴起青筋,让徒弟睁

大眼睛看仔细了，看清楚了。徒弟的脸涨得通红，欲言又止。张子恒解围道："差不多，差不多。"乔木匠瞪起眼睛说："差一点儿也不行！一是一，二是二，看准就要叫准，关键时刻不能犯一点儿糊涂！"

张子恒佩服乔木匠的认真，见缝插针和他聊起来，才知他是满族人，祖上曾是满族八旗兵中维护王朝风銮的镶黄守卫，在八旗中属于上三旗。

张子恒大为惊讶："是护卫皇子的？"

乔木匠看一眼张子恒说："一看就知您是知书通礼之人。正黄旗、镶黄旗、正蓝旗由皇太极亲自统领，称为'上三旗'。其余正红旗、镶红旗、镶白旗、正白旗、镶蓝旗，称为下五旗，由亲王、贝勒和贝子掌管，驻守各地。"

张子恒问："现在还有家谱吗？"

乔木匠说："听说老家有，没见过。满族后代，不多了啊……"

张子恒听罢笑着点头。

乔木匠说起准备采用的木料以及用此木料的道理，张子恒连连称是。其实他心里还画着魂儿，生意人精明，没准儿是设什么套让人往里钻吧？

尺寸量完，乔木匠意犹未尽，绕着画室踱起步，谈起摆放木椅和茶桌的设想。张子恒暗忖，现今这世道，能有如此认真之人，倒也属凤毛麟角了。但愿他有真本事。

接下来的日子又是等，等到张子恒差不多忘了这件事，乔木匠开车带着徒弟，上门送家具来了。乔木匠脸上喜气洋洋的，额头上不断有汗水流出。两人小心翼翼搬家具，放得也轻，似乎手里擎着的是易碎品，一不小心就会打破了。张子恒唏嘘不已。

乔木匠离远眯眼打量家具，又近距离查看一番，才满意地在脸上露出一丝笑。张子恒觉得他未免夸张，计上心来，提出一个把家具和画案对换位置的想法，乔木匠急了，眼睛瞪得很大地说："千万不可啊！这是最佳摆设了，跟您这画室的品性完全匹配。椅子背靠南北两个方向，茶桌居中，相互映衬，相得益彰。"

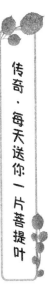

说完问张子恒:"您不会认为我多嘴吧?"

张子恒笑乔木匠的紧张,彻底打消了心里的顾虑,满意地端详起家具来。

乔木匠用手一遍遍抚摸着光滑的木头,满眼爱意。那眼光不似看家具,倒像是面对可爱的亲生孩子,怎么看怎么喜欢。张子恒心里温暖,说:"谢谢您的倾心劳作。在我看来,您不是普通木匠,可以称为大师了。"

乔木匠朗笑道:"您太抬举我了,我本就是个普通木匠。不过我们这个行当,讲究恪守木匠之道。虽然在当今可能很少有人做到,但我要求自己做到。"

张子恒连连点头,拿出多一些的钱给乔木匠,乔木匠坚决不收。张子恒只好把两人送下楼,送出小区很远很远。

回屋面对光亮的家具,想着上三旗的茬儿,张子恒笑出了声。

宝剑出鞘

王琼华

帮主过完七十大寿，就重病卧床了。

这一日，他又是气喘得满脸猪肝色。给他捶背的儿子崇武小心翼翼地说道："父亲，趁清醒时您早点儿把宝剑传给孩儿吧。"

"为父还没糊涂，怎能贸然传你宝剑！"

帮主这腔调说话，也有他的无奈和惆怅。

帮规第一条，谁手中握有宝剑，谁就是号令全帮的帮主。帮主记得，当年老帮主传下宝剑时说："经过二十余年的旁观侧察，觉得你秉有承接帮主之位的聪慧厚德。看你一贯宽以待人，老夫也就无话要交代了。只是你要时刻记住——宝剑出鞘，人头落地。这是前任帮主临终时嘱咐的。有朝一日你传下宝剑，也应让后人铭记这八个字，千万不要拔剑。"

帮主记下了老帮主的话。

不过，"宝剑出鞘，人头落地"这句嘱语中暗藏什么玄机，帮主喝了几十年清茶，也没悟透。与崇武及徒弟探讨时，崇武脱口说道："宝剑也是剑，还会有什么玄机？宝剑一出鞘，当然就要杀人，对方就是本事比天大，也挡不住自己脑袋落地的下场。"

帮主说道："这还要你说？接任帮主后，老夫从未拔剑出过鞘，心里也一样知道宝剑削铁如泥！"

徒弟惠明说道："师父说得对。与帮主一样威仪的宝剑属罕世之物，也就不是一般人所能匹配的。"

崇武瞪眼说道："哼，那你说说高见。"

"真要说出剑中玄机，又得恕惠明无能。"

"我还以为你师兄真有什么慧眼见识，谁知道也是俗眼一双！"

帮主干咳几声，两人才把嘴巴收紧。

崇武还是有些不服气，侧过脸耸耸鼻子。平日里，他知道父亲很器重惠明，快要把惠明当成大儿子，自己倒屈居了次席。这让崇武心里憋足火气，也有些无奈。惠明拜师十年，成了帮中第一高手，近年连续收服几大恶人，更是名震江湖。父亲捋捋胡子，有意把宝剑传给惠明。崇武窥出父亲这念头后，苦苦劝道："父亲，这宝剑理应要传给孩儿！"

"老帮主当年也没传给他儿子！"

"老帮主生有三个千金，膝下却无半子。要是老帮主生有男儿的话，恐怕父亲您也接不过这把宝剑。"

帮主噎了一下，又说道："要是你也像惠明一样能承袭本帮秉性，不争强好胜，那该有多好啊！"

"父亲您也该看到，惠明师兄收服几个该杀而未杀的恶人，立了自己的好名声牌坊，却让江湖孽根未除，忧患还在呀。"

帮主低下头，似乎沉吟什么。

崇武见了父亲这般神情，又补上一句："父亲，不管惠明师兄多么讨你喜欢，但您的亲生儿子是崇武！"

帮主的心猛地跳了一下。

崇武这番话在帮主七十寿宴上说过后，帮主琢磨了一夜，第二天早上突然染病不起。卧床中，帮主还是想着传位的事。他看得出儿子做梦也想当帮主，但自己心中的首选对象还是惠明。面对儿子的执念，这事让他犹豫多

传奇·每天送你一片菩提叶

年,一直做不了最后抉择。把脉自诊后,帮主知道自己大限已到,这日又在儿子一番催促后,觉得该把宝剑传给后人了。

在择定的良辰里,帮主召见崇武以及惠字辈徒弟。看看跪在床前的儿子和徒弟们,他用力攥紧宝剑。崇武似乎明白了父亲此时的心绪,满眼急迫地望着父亲。

这时,帮主想起了老帮主当年嘱咐时的情景,脸上不由掠过一丝欣慰。他张嘴刚要说话,陡然发现儿子崇武两眼早已泪水汪汪。刹那间,好像有一只手忽地掐紧了自己的心。

接着,帮主觉得鼻腔塞满酸楚。

帮主闭上眼沉抑了半天,才仰脖长吁一声说道:"本帮主决定,传位给、给崇武——"

说时迟,那时快,帮主的话几乎还没说完,崇武已经腾起身子,手一挥便夺过了父亲手中的宝剑。见到崇武做出这番动作,惠明脱口叱道:"你崇武竟敢抢夺宝剑?"

"宝剑在手,我即是帮主。帮规第七条,直呼帮主威名者当斩!"

叫声中,崇武一把猛抽宝剑。

惠明见了,忙蹬起身子,右手迅疾抽剑。他要竭尽全力用剑挡回崇武的杀气。

一道寒光中,还是有一颗人头落地。

众人惊心,落地的头竟是崇武脖子上的那颗!惠明也"啊"了一声,惶恐中赶紧弃剑跪地请罪。看到儿子掉了脑袋,帮主没有半点儿哀伤。猛然看到崇武手中抽出来的宝剑只有一只剑柄,鞘中却空洞无物,他已经惊呆了。宝剑,竟然有柄无身!帮主老泪纵横叹道:"宝剑出鞘,人头落地,原来玄机早被老帮主说透了。一帮之主,重在聪慧厚德,否则再有宝剑也护不了身。唉,怪老夫修炼多年,仍无半分悟心!"

只是崇武无法再听到父亲这番唏嘘。

帮主满脸悔恨,很吃力地抬起手指了指。惠明看明了意思,从崇武手中扒下剑柄,想重新插入鞘中,却发现无法复原。看到这般情景,帮主瞪眼大喝一声,顿时吐血,咽了气……

捉蚊计

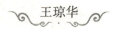

王琼华

古仔一心想学门大功夫，梦想自己有一天也能在江湖扬名。但离家数月，一路浪迹，也没有遇到什么高人，不免心生郁闷。这日，他走进路边一酒馆，叫上一壶黄酒，要了一斤牛肉，独自吃喝。

突然，一伙脸上抹了灶灰的人闯了进来，大叫着让老板把银子交出来。古仔忽地起身，一巴掌拍在酒桌上，喝道："小爷在此，谁敢在光天化日之下打劫！"

匪头朝古仔斜上几眼，啐道："无名小卒，敢挡大爷财路，先吃你大爷一根封喉针！"

与此同时，手奋力一挥。

古仔早已听闻封喉针的厉害，又似乎看到封喉针直奔自己而来，内心不禁暗想："看来今天要命绝此地！"

正要紧时，坐在前桌一位喝酒的老者，突然反手一探，便用食指和中指夹住从其身后掠过的封喉针。土匪见状，知道有高手现身，赶紧跑了。

古仔跑到老者跟前跪下，说："多谢老前辈救命之恩。"

老者侧身打量他一眼，说："看你是一个没练过功夫的后生，怎的敢喝止这帮穷凶极恶的劫匪？"

"我，我看不惯他们欺压百姓——"

"是吧。但这暗器可会轻易要了你的性命。"

古仔脑子也算好使，当即磕头在地："师父在上，受徒弟一拜。"

老者忙说："我没什么本事。刚才挡下那根毒针，无非举手之劳吧。再说，老夫从不授徒。"

古仔说："不收下弟子，我、我就不起身。"

老者噎了一下，说："那又怎样呢？你起与不起，又关我什么事？"

老者果真拂袖起身，离桌而去。古仔怔了一下，赶紧追出小酒馆。追到老者，他并没停下自己的脚步。超过老者十来步时，他才又转身跪下相迎。

老者惊了一下："你这跪迎又有何用？"

说罢，绕过古仔继续往前走去。

古仔又起身，再次赶到老者前头跪迎。

就这么走了十几里路，古仔跪了上百次。

一个时辰后，老者回到山里家中。刚进门，便"咣当"一声把古仔关在门外。古仔不死心，干脆跪到了门前，连声叫道："师父！师父，收我为徒吧！"整整跪了一夜，古仔也没离去。天大亮时，几个人突然开门奔了出来，没吭半声，便老鹰捉小鸡般把古仔提起。古仔还没明白怎么一回事，就发现自己被扔进了后院一个土牢里。

古仔怒吼："你不肯收徒也就算了，怎的还把我关进土牢？"

关在这黑咕隆咚的土牢里，哪里会有人应话？好在土牢虽小，还没让古仔感到孤独与寂寞，因为还是有做伴的，土牢中尽是些看不见、摸不着、却听得见嗡嗡叫的蚊子。古仔大声起誓："你这老家伙恁狠毒，还想让蚊子来咬

死我吗？老子偏要活着，出去后我要找你报仇！"

古仔不由自主地辨别蚊声，又忽地伸手抓去……

但是这蚊子似乎永远都抓不完，每次有人给土牢送来饭菜，古仔吃完，牢门一关，四周黑下来，蚊子又嗡嗡地围了上来……

也不知过了多久。忽一日，土牢门突然被人打开了。古仔若脱兔般冲了出去。刚出土牢，他便发现老者远远地站在一座亭子前，顿时怒从心生，操起一根棍便直扑老者。老者见状，随手往前一甩，四根针直直射向了古仔。古仔像听到几只蚊子朝自己扑来一样，当即把手一伸，五只手指竟然稳稳当当夹住了四根针。

"好！"老者大呼一声。

古仔仍想提棍再扑老者。

老者说："小子，你大功告成，该离开这里去惩恶扬善了。"

古仔这才恍然大悟。原来老者把他关在土牢里，就是好让他练就一身真功夫。他呆了。

老者介绍道："我当年犯事，被父亲大人扔进土牢里关了两年。父亲病逝后，我才得以出来。你小子算有天赋，才熬过一年半时间……"

"我、我在这里待了一年半？"

"没有这么长的磨难，你能练成捉蚊功吗？"

"捉蚊功？！"

"这名字怕是有点儿污垢味吧，但很实用，能在黑暗中信手捏到蚊子，又有什么暗器能不被你截下？"

"多谢师父！"古仔扑通跪下。

老者不紧不慢地说："起来吧。前年已跟你说过，我做不了你的师父。练武，大多在于一种造化吧。你要谢便谢这土牢般的地窖，也该谢一谢你自己死纠烂缠、咽不下气的习性吧。真要说老夫有助于你，那就是我的举止激发出了你的斗志，这也是练武人所需要的……"

醉笔体

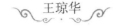

王琼华

　　村里有两户大姓,一姓李,一姓张。李家和张家同年同月同日各生下一位公子。两家公子长大后,各有所好。李公子拜名师习武,练成一身好剑法,所使之剑为天山名匠所铸,只要一出鞘,便寒气逼人。张公子则成了读书人,平时最喜欢酒后拿毛笔在村前屋后的青石板路上龙飞凤舞一番。用现代人的说法,该算一个"涂鸦哥"吧。当时有读书友人将其字称为"醉笔体"。张公子所用毛笔更是特别,两尺一长,笔柄有鸡蛋那般粗,笔尖毫毛则相当于鹅蛋大小。

　　张家与李家最荣光的事就是能当上村里的管事。别看仅管了百十户人家,张李两家都看得很重。好些年前形成规矩,即五年一轮,时间一到,张家与李家登台比试一番,赢者一方出任管事。比试又分为比武与文试两种,轮流采用,以示公平。所以,上一任为文试期,张家坦然胜出。眼前,期限又满。李家老爷携儿子便上门称:"是否免除一番折腾,直接转交管事印鉴即可。"

　　这时,张家老爷染病卧床,早已萌生此意。两家老爷不谋而合。倒是张公子躬身开腔道:"父亲大人,如此便要让邻里小看张家了。"

李公子嬉笑说："这一轮可不是舞酸文弄臭墨——"

"一文一武，交替进行。此轮为武试，自然不得坏了规矩。"

"你何时学过武艺呢？"

"不好意思。我只会写毛笔字。但我还是想应试领教。"

张公子如此固执，李家认为他无非想挽回一点儿面子罢了。

择一吉日，村口谷坪上摆好了比武台。李家公子像戏中武生一样打扮，早早握剑闪闪晃晃比试着，算是热身吧。另一侧，张家公子提着那只天天都不离手的银酒壶，没多久就把大半壶黄酒灌进肚子。连连打出了几个酒嗝儿，便是张公子可挥毛笔写字的兆头。村里岁数最高的老者喊出一声"开始"时，张家公子才撑起身子，摇摇晃晃走上比武台，看也不看李公子一眼，便挥舞着手中毛笔，动作看似上气不接下气的样子，口中却又有几分豪迈地念道："对酒当歌，人生几何？譬如朝露，去日苦多……"

李家公子皱皱眉头，喝道："别装癫卖傻！"

"……慨当以慷，忧思难忘。何以解忧？唯有杜康……"张家公子仍是爱理不理地挥舞毛笔。李家公子急得一跺脚："你张家也太小看李家！"说罢，便挥剑迎上。他出手一剑想将张家公子手中毛笔的毫毛削掉。谁料张家公子吟了一声"青青子衿",将毛笔一点,接着来了一个弯折,让对方所刺之剑落空。李家公子怔了一下,又挥剑返追笔势。只是一会儿,便成了一种剑随笔舞的情形。张家公子所挥毛笔如行云流水,吞云吐雾,看似简练,却让李家公子的剑怎么也削不到笔锋。甚至在"忧从中来,不可断绝"声中,李公子反被张家公子的笔尖甩到了手背,蘸成"黑手"。李公子迟疑一下,正想反腕,又见笔锋"唰"一声溜过剑身,眨眼间,手中剑成了一把"黑剑"。这几笔挥洒下来,顿时赢得邻里叫好。这时,李公子很是无奈,似乎发现张公子的毛笔有一种魔力,让自己完全成了个陪练者。就在一声"周公吐哺,天下归心"中,张公子的笔锋忽地直掏李公子心窝,吓得李公子慌乱中退缩了几步。好在张公子见好即收,并没成心要弄脏李公子的衣裳。

这时,人群中爆发出热烈的掌声。

李公子非常沮丧,有些不服气地对李张两家老爷叫道:"不算比武。他在写毛笔字!"

张公子谦谦说道:"因为我只会写毛笔字!多谢张公子刚才随笔舞剑,这番文武相济、珠联璧合的演绎太让我受益了。呵呵,怪不得你我同船共渡成老庚。"

"你——"李公子有点儿哑口。

"确实怪不得张公子——"李老爷看来早有所悟,也就继续跟儿子说,"论比武,张公子怎的都比不上你。但他醉笔书法,由心而发,先入为主,诱你相随,他以其所长,束你所长而成所短,你自然是要落败下来的。"

接着,便向张家道贺。

赵家米铺

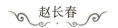

赵长春

三教九流，各有其道。五行八作，各有其味。

赵家米铺，也如此，米味儿、糠味儿四时不断。远近走过，即能闻到那种淡香，过于敏感的人，甚至"啊嚏"一声来个喷嚏，然后揉揉鼻子，心里赞一声："这米，香味儿冲。"

赵家米铺前是店后是仓。店门正对大街，后仓临河，袁店河。从汉口过来的米船，就在赵家米铺后门处的自家码头停下。青条石，高台阶，长跳板。伙计们背米，跳板悠然，人影晃荡于水中。看着这些，赵掌柜也想背上一两包米。

赵掌柜是靠背米起家的。他不只背米，还看老板怎样验米、卖米，包括跟着出去看米、选米。他不多说话，心里头学了不少本事，三十岁从汉口回到袁店河。十年打拼后，就有了这袁店老街上的"赵家米铺"。人们对他尊敬，总讲起"赵掌柜背米起家"的故事，来激励自己和别人。

对此，赵掌柜只是笑笑。

对于如袁店河水流淌的日子，赵掌柜也是笑笑。他有一句口头禅："急啥？再急，也得慢慢来。"

这句口头禅有深意，是赵掌柜人生经历的总结。那年，他还不是掌柜，还在街头摆摊售米。进了腊月,快小年了,他从南阳贩了一车好米回来,想趁着年关,赚些钱。车是骡拉的,两匹大骡,悬了铜铃,咣咣地响。风急雪猛,过丰山脚下的袁店河老桥时,天色已晚,雪野茫茫。桥头,一老人团卧雪中。他恻隐之心顿起,坚持扶起老人,安放在米车上,绕道去了药铺,给老人看了病,喂了饭。如此一耽误,晚上就歇在了药铺,陪护老人。

也巧,就在当晚,罗汉山上的"红枪会"早已通过骡夫对他布下眼线,准备在袁店河的沙湾里劫他的米车。见他心好,所雇的骡夫对他说了这一事。骡夫说:"掌柜的,您心好,救人一命,也救了您自己啊……"

赵掌柜握紧了骡夫的手:"以后,我就雇定你了!"

米铺卖米,有大米、小米、香米、糯米。米分等级,好米当然是被富有人家买去,糙米多是小户人家买的。赵掌柜就坐在柜后,看人流,看伙计量米。量米用升、斗,量时,吆喝,报数。赵掌柜要求升尖、斗满,有赚的即可。薄利就多销。如此,来买米的人就更多了。不少人家成了常客。谁家喜欢什么米,谁家该来买米了,谁家买米的唤什么,赵掌柜都记得清。这也是本事。

还有个本事,是赵家米铺的大本事,别的米铺不干,也不敢干。逢腊月

初八、五月端午,赵掌柜要开棚舍米:熬腊八粥,煮粽子,都用一个特大号的大铁锅。那锅特大,别的不说,熬粥,二百斤大米进去刚盖锅底;煮粽子,能管全袁店镇的人吃。

逢这两天,赵家米铺前人满为患,不再做生意。腊八就舍粥,为穷人,为要饭的,热气腾腾,黏黏稠稠。端午就煮粽子,头天晚上天一擦黑就上锅,直到端午早上,各色的粽子摆开,摆在长长扁扁的竹匾里,任人来吃。民国30年大旱,赵掌柜竟然舍了四个月的粥,从九月到腊月!包括罗汉山上的"红枪会"成员,也换了衣服,下山喝粥。赵掌柜一视同仁。人们都说好。

谈起赵掌柜的好,还有一件。每进入腊月二十三,赵掌柜就把好米掺入糙米,还当糙米卖。"过年了,吃点儿好米吧。"晚上,在柜上,他看着伙计把一半好米、一半糙米掺匀,随手捻了几粒,在嘴里一嚼,点点头。

这都是好多年前的事了。新中国成立后,搞这样那样的运动,有的人要找赵掌柜的茬儿,就会有人站出来拦挡;还有人,会把自己的孩子叫回去,"啪"一掌,"你吃饱了撑的!没有赵掌柜,也不知道你在哪里?爹早就饿死了"!

找不到赵掌柜的茬儿,就有人在某个晚上,把赵家米铺前的那口大铁锅给砸了,指把厚的铁锅裂纹五六道,就没法熬粥、煮粽子了。其实,好几年不用,那锅就锈蚀着,又加上这碎裂,没有用了。袁店老街改造时,大铁锅就被移到了墙角。时间长了,里面长出了一棵槐树。树越长越高,高出了屋檐,高高地看着老街的变化。根越长越粗,竟翻出了锅沿,扎出了缝隙,树根形成的疙瘩,把铁锅紧紧地抱住,锅与树一体,搬不动,移不走,成了袁店老街的一景!

有景就得有名儿:锅槐。

也有人称为"郭槐",说是唐朝大将郭子仪来过袁店老街,用此树拴过马,人称"郭槐"。瞎扯的。

依我说,"赵槐"最合适。

胭脂剑

周海亮

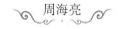

　　江湖上很多人都想杀掉小妹,小妹武功盖世,天下第一。天下第一总是让人烦,让人恨,让人不安。天下第一,如何杀得掉? 杀人不是比武,杀人不讲规矩。

　　小妹是女孩,独门兵器是胭脂剑。剑出,如胭脂漫天,让人沉醉其中,忘记躲避。当然这只是传说,江湖上无人见过小妹,更无人见过胭脂剑。也许见过的,都成了死人。

　　小妹是很多人的噩梦。

　　可是小武决定去试一试。小武并非一等一的高手,正因如此,他才决定试试。不是杀掉小妹,而是打败小妹。打败天下第一,他就成了天下第一。天下第一有什么用? 可以成为永远的传说。成为传说,然后隐居,归田,过与世无争的生活。小武认为这样的人生挺好。

　　小武过够了打打杀杀的日子,但他必须打打杀杀,起码对现在的小武来说,是这样。

　　临行前,小武有一种"风萧萧兮"的感觉。

　　找到小妹,颇费了一番周折,那是一处世外桃源,远离喧嚣。正逢三月桃红,漫山遍野,粉红色的香气弥漫。桃源深处,鸡犬相闻。老人们喝茶,男

人们劳作,孩子们逗着猫和狗,女人们让饭菜的香气飘得很远。这里该是享受男耕女织的地方,这里不应该住着一个叫小妹的杀人不眨眼的女魔头。

走进桃源,小武的腿便没了力气。见到小妹,小武的全身都没了力气。小妹一袭白裙,一尘不染。见到小武,她嫣然而笑,弯腰施礼。

"累了吧? 先坐下喝杯茶。"

小妹就像一个知书达礼的邻家女孩,连小武都认为他不是来打架的,而是来做客的。

小武坐下,喝茶。山野的绿茶,山野的清泉,山野的炭火,茶香袅袅,清淡却又醇厚。然而再甘醇的茶,也抵不过小妹的一颦一笑。

"你不会武功。"小武喝着茶,低着头,不敢再看小妹。

"何以见得?"

"我没有看到胭脂剑。"

"胭脂剑来无影去无踪,你当然见不到。"

"你身上也没有杀气。"

"会武功就一定得有杀气?"

小武笑笑,捧茶的手腕轻抖。

"如果我会武功,我早就死了。"小妹给小武斟茶,"道上规矩,不杀不会武功的人……"

"可是江湖传闻,你是天下第一……"

"难道不是吗?"小妹指指过来续水的姑娘。姑娘唇红齿白,身段婀娜。"她叫上官婉儿,听说过她吗?"

小武当然听说过她。上官婉儿,独门暗器孔雀翎,十二岁开始独走江湖,人称江湖第一女杀手。

"她前几年不是死了吗?"小武说,"来杀你,却被你杀死了。"

小妹不答,指指旁边劈柴的老汉:"他叫鬼见愁,听说过他吗?"

小武当然听说过他。鬼见愁乃黑道第一杀手,杀人如麻。据说他杀人从不用兵器,他只需冲你大吼一声,就会让你七窍流血而死。

"鬼见愁不是死了吗?"小武说,"来杀你,却被你杀死了。"

小妹不答,指指坐在不远处的几个年轻人:"肖凌飞、中原一点红、司徒傲然……这些人,你都听说过吧?"

岂止听说过? 他们都是传奇。随便哪一个,随便一招半式,都能把小武杀死十次。

"现在这些人全都在我这里劈柴种田,你不认为我是天下第一吗?"

"可是你不会武功……"

"谁说打败一个高手必须要靠武功?"小妹说,"正因为我不会武功,所以没人与我交手。正因为没人与我交手,所以我才是永远的胜利者……"

"如果有人不守道上的规矩呢?"

小妹笑了。她看看上官婉儿,再看看鬼见愁、肖凌飞、中原一点红……

"有他们在,有人敢不守规矩?"

"可是他们为什么会留在这里?"

"他们为什么不留在这里?赏世外美景,品人间美味,如果你肯在这里住上一段时日,你也会喜欢这里,不愿再踏入江湖半步。"

"如果我不想留下呢?"

"有他们在,你认为你还走得了吗?"小妹看看小武,再看看上官婉儿、鬼见愁、中原一点红……

小武开始害怕了,自来到桃源,这是他第一次感到害怕。

"吓你呢。"小妹笑,"你若想离开就离开,你若愿意在这里住些时日就住些时日……不过我相信,住下几日,你就不想走了。"

"何以见得?"

小妹又看看上官婉儿、鬼见愁、中原一点红……

"他们不都是吗?"

"可是当初……"

"当初他们来此地的目的,与你完全相同。他们也厌倦了打打杀杀,也认为人在江湖,身不由己,也认为只要打败我或者杀掉我,就可以成为天下第一,将来隐居归田,享受安静。可是为什么一定要成为天下第一才能享受田园安逸的生活呢?现在,正好……"

小武低头不语,少顷,起身,对小妹说:"带我去看看桃林,可否?"

不远处,落英缤纷,粉红色的花瓣飞舞,淡淡的香气如胭脂流淌。小妹丢下小武,与一群女孩穿梭于桃林之间,嬉笑打闹,那是世间最美、最动人的情景。

小武想起了传说中的胭脂剑。剑出,胭脂漫天,让人沉醉,忘记了躲避……

人与羊

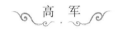

高 军

金针张的院子里养了好几只羊，患者进门后首先闻到的是膻味，脚下随时会踩碎一粒粒黑黑的羊粪蛋儿。但为了治好眼疾，这一切都得忍受。因为金针张医术高超，能让病人重见光明。王树茂是捂着鼻子飞快地跑进来的。金针张冷冷地看着他，慢慢把眼光移开了。

王树茂来到诊案前才把手从鼻子上拿下来。好似根本没有他这个人进来，金针张连眼皮也没抬。王树茂凑上前，急切地说："张医生，我的眼睛越来越看不清了，求你给治治。"

金针张没有搭理他，而是将目光转向院子里，亲切地看着那一只只羊。

王树茂有些不安了,脸逐渐变红:"我、我、我……"

金针张的目光从羊群身上收了回来:"你知道羊喜欢吃什么吗?"

王树茂脸上开始出现了讨好的神色:"青草、豆饼、盐。"

金针张从抽屉里拿出一点儿钱,笑吟吟地递给他:"羊得增加点儿养料了,你去给羊买十斤豆饼、三斤盐来。"

"这、这……"王树茂转不过弯来。

金针张笑眯眯地说:"怎么,这很难吗?"

"哦,不难,不难。"王树茂接过钱急火火地离去了。

待王树茂把东西买回来的时候,着急的神情已经被磨掉了不少。看他比较安静了,金针张招呼他坐下,先把了脉,然后掀开眼皮仔细观察,说:"还能看见光亮,障翳光泽澄澈,能治,能治。"

一听能治,王树茂又急躁起来:"那就赶快吧!"

金针张回身向椅背一靠,冷冷地说:"赶快? 我说了算还是你说了算?"

王树茂的脸又涨红起来:"你说了算,你说了算。"

"好!"金针张把案子一拍,然后转移了话题,"你看,我这羊应该出去放几天了,你刚才说了羊是喜欢吃新鲜青草的,到外面放牧容易得到全面的营养,能增加运动量,能维护它们善于奔跑的习性,同时受到日光的照射和各种气候的锻炼,有利于羊的生长发育,增强对疾病的抵抗力……"

王树茂非常迷惑,不知道金针张为何又扯到羊身上去了。但他知道金针张能治好他的病,所以只能洗耳恭听。

金针张笑了笑:"你看这样行不行? 你来帮我放十天羊,十天后我免费给你治好眼,你搭上几天工夫,但省下一笔钱,我的羊也享几天福,这应该是划算的。"

看他还在犹豫,金针张语调更加舒缓:"家中要是有其他事情,只能先让别人干着,你现在治疗眼病是最主要的事儿。"

王树茂小声嘟囔了一句:"为什么……为什么不现在就治啊?"

金针张大度地笑笑："我是医生，这事只能我说了算。再说了，放放羊，在野外转转，也是有好处的！"然后敦促他："怎么样啊？"

王树茂想了想，实在没有别的办法，只好答应了下来。

虽说是答应了，但在心里是并不情愿的，王树茂憋着一股气儿，非常着急但又没有办法，只好每天赶着金针张的这群羊出去放牧。想到自己离家一百多里路，若是跑回去十天后再回来，搭上路费不说，治疗费肯定也是不小的一笔钱。他终于慢慢平静下来。整天与羊在一起，他的急脾气也逐渐改变了一些。

金针张说话算数，十天后主动叫来了他："怎么样了？"

王树茂说："好像更看不清了。"

金针张说声："好！"就开始用自己制作的金针为他做拔除障翳手术。金针张让他先用冷水洗眼，以便让眼中障翳收缩凝定，然后用左手拇指和食指撑开他的上下眼皮，让他使劲向鼻子的方向转眼珠，并尽力向外瞪着。金针张先用开缝针在眼球上刺出一个小眼儿，再插入尖细毫针向上斜回针锋，贴着障翳内面往下拨动。一会儿的工夫，根本没有感到疼痛就去除了眼内障翳，经过包扎处理，金针张又嘱咐一些注意事项，就让他回家了。

王树茂临行前，金针张告诉他，几天后去掉包扎，视力就会恢复。并解释说，自己是从治疗羊的眼睛练就这一本领的，所以才每治好一位病人，就买来一只羊养着，让它自然生长，老死后郑重埋葬。这次免收治疗费，让他放十天羊顶替，也是自己对羊的一种报恩方式。

这时候，王树茂才明白自己所做的这件事情的意义。

当金针张的好友问起这件事时，金针张解释说："病人刚来时，障翳还比较嫩，还不能向外拔。让他去放羊，他会又气又急，能促进病灶成熟。几天后脾气一磨平静下来，再做手术也便于恢复。这病的根源就是躁急善怒、肝气冲上郁结而成，不逼着他把脾气变温和，以后怕还会复发的……"

饿刑

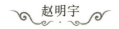

赵明宇

　　元城有句俗话："三天不吃饭,啥事儿也敢干。"说的是人被饿急了,什么事情都做得出来。

　　盘龙寨大当家的秦大头就是被饿得没辙,才上山当土匪的。

　　民国 12 年,元城已是三年大旱,颗粒无收,多数人家断炊,呼儿唤女、外出乞讨。秦大头家有瞎眼老娘,一个人讨饭俩人吃,肚里咕咕叫,像是装着一只蛤蟆。望着躺在炕上喊饿的老娘,秦大头一跺脚,干起了偷盗勾当。孰料去元城大户秦笑天家里偷粮食的时候,中了圈套,被秦笑天捉了,打得昏死,抛在卫河大堤上。恰巧李秀才路过,认得是秦大头,便把他背回家里,灌了半碗米汤,秦大头才捡回一条命。

　　李秀才是个穷教书先生,守着半屋子书,一肚子墨水,却没有余粮,倒是给秦大头讲起君子固穷的道理。

　　秦大头哪里听得进去,作揖说："等俺以后有了出息,一定报答你的救命之恩。"说罢,抱起剩下的半罐子米汤说："这个回家给我老娘喝。"

　　秦大头回到家,背上老娘去了盘龙寨,投靠土匪滚刀虎。秦母是个能识文断字的妇道人家,骂儿子不争气做了土匪。秦大头眨巴着小眼睛,泪水涟涟："娘啊,咱这不是为了糊弄口饭吃,被逼出来的吗？等俺有了钱就金盆洗

手,过安稳日子。"

母亲大概也是被饿怕了,看看他,摇头叹气地说:"蝼蚁尚惜性命,何况我儿?"

不久,滚刀虎在一次抢劫中被砍了脑袋,秦大头做了大当家的,重新招集几十个穷汉子做喽啰,昼伏夜出,打家劫舍。几个月后,秦大头的势力越来越大,方圆百里有了名气,提起他的名字,人人胆寒,为之色变。

秦大头打劫有钱人家,主要是要粮食。秦大头要粮食不像其他土匪那样推车挑担抢了粮食上山,而是先绑了人质,不打,也不骂,只是关起来不给饭吃,然后以逸待劳,坐等送粮上门。挨饿的滋味儿很难受,生不如死。大多数地主老财饿上三天就招架不住了,让家人送粮食和金银细软来赎人。

这一招屡屡奏效,被称为饿刑。

喽啰犯了规矩,秦大头惩罚喽啰,也是用饿刑,喽啰很快就服服帖帖了。

元城一带的大户人家被他绑架了一遍,榨不出油水了,他开始绑架小商小贩。秦大头的势力越来越大,受到官府多次围剿。有一次,秦大头中了官府的圈套,弟兄死伤大半,他带着残兵败将仓皇逃回盘龙寨。秦大头分析总是中圈套的原因,就怪自己没脑子,蛮干,需要有个军师出谋划策。

就想到了李秀才。

夜里，秦大头亲自下山，把睡梦中的李秀才绑了，装进麻袋背到盘龙寨，酒宴款待。秦大头捧上一杯酒说："恩公，二当家的这把交椅给你留着呢，有吃有喝，何等快活啊！"

李秀才吓得尿了裤子，却一副凛然气概，说："我是读书人，岂能和你这蟊贼同流合污？"

说完哼一声，把脸扭向一边。

秦大头冲喽啰丢个眼神，李秀才被请进一间干净屋子里，大门上了锁。秦大头说："先饿他三天，不信他不入伙。"

三天后，秦大头来看李秀才，李秀才成了面条儿，站起来的力气也没有了，蜷曲在墙角，耷拉着眼皮说："你一刀砍了我吧。"

秦大头愣了一下，跟喽啰说："每天好酒好菜招待李秀才。"

又是三天过去了，秦大头再来看李秀才，李秀才已经死了。秦大头正想发怒，却看见一边的酒肉饭菜，不曾动一口。

秦大头蹙眉，让喽啰把李秀才拖到后山厚葬。

夜里，秦大头遣散喽啰，背上老娘闯关东去了。

我自己

朱 宏

"这次让你演男一号。"导演说。

"谢谢导演给我这个机会,我一定演好男一号。"这个叫丁丛的演员说。

导演接着说:"男一号的戏份很重,会很辛苦。"

丁丛说:"辛苦是我的荣耀,请问剧本……"

"剧本全在我脑子里,大部分戏要靠你即兴发挥。"

"明白了。"

"为了不打扰演员即兴演出,我们采取隐秘拍摄,不喊停机你不能停止表演,你要有心理准备,明天就开拍。"

丁丛挂了电话,对得到这个角色异常兴奋,他匆匆收拾好行装,立即赶往剧组。化好了妆,丁丛变成了一个中年人。他走进摄影棚,这里是一个家庭的场景。

"各部门注意,预备,开始。"声音从摄影棚的隐秘处传来。

丁丛显然还没有做好演一个中年人的准备,他毫无头绪地走向了沙发。好在他很快稳住了阵脚,他在沙发上坐下,随手拿起了茶几上的报纸。

这时候一个女人站在厨房门口说:"老丁,你还有时间看报纸,还不快过来帮忙,女儿快回来了。"

丁丛这才意识到这个女人就是戏里他的妻子。只一打量,他就打心眼里不喜欢这个"妻子"。"妻子"是个长相庸常的微胖的中年妇女,导演为什么不给自己挑选一个青春靓丽的"妻子"呢。转念一想,自己也是中年了。

我们美好的青年时代呢,戏里面有还是没有?丁聪一边想着一边走进了厨房。就在丁丛帮"妻子"把菜盛起来端到餐桌上的时候,门铃响了。

门外进来一个漂亮的女孩。女孩喊了一声"爸爸",并且给了丁丛一个拥抱,一股暖流涌上了他的心头。很显然,丁丛开始入戏了。

丁丛问了一堆关切的话,开始像一个中年父亲那样啰里啰唆,话题涉及工作、婚恋、穿衣、购物等丁丛能想到的一切。"女儿"告诉他,这次是借出差的机会顺道回家来看看爸妈,只能在家待一天。丁丛感到很失望,他打心眼儿里希望女儿能在家多待几天。一家三口的聚餐很温馨,"妻子"眼含热泪地说:"我们家多久没有团圆了?"

"女儿"第二天就走了,就像一只蝴蝶在房间里环绕了一圈,带来了一些色彩,旋即就又带走了这些色彩。

在另外一场戏里,丁丛从经理办公室走出来,"经理"刚才对他的工作做了委婉的批评,这个比他差不多小了十岁的经理告诫他要向年轻人学习,更新工作思路。

丁丛满腹委屈却又无可奈何,导演为什么给自己安排了这么一个工作,又为什么让自己碰到这样一个上司!但他又无法改变现状,只能忍气吞声。

丁丛拖着疲惫的脚步回到家,"妻子"已经做好了饭,饭后两个人不咸不淡说了几句话,"妻子"就出去跳广场舞了。

丁丛发现这场戏重复了,重复了不止一次,似乎是一直在重复,他想喊停,想重拍,想让生活的内容丰富一些。但他只是演员,喊停的权力不在他手里。

半夜里,电话突然响起来,一个苍老的声音在电话里说:"你爸他……"恍惚间,丁丛分辨不出是现实还是在演戏,他一下子从床上跳了起来,安慰

"母亲"说爸不会有事的,他明天就赶回去。

丁丛只得向单位领导请了假,匆匆登上了火车。去往老家的路上没有高铁,导演只让丁丛买到了一张普通列车的坐票,这意味着他将在火车上熬过十二个小时。

"父亲"躺在病床上,昏迷着,"母亲"脸上写满了忧虑。丁丛从到达老家的那一刻开始就一直守在医院,瞌睡时就趴在"父亲"的床边打一个盹。他在演打盹这个场戏的时候趴在床边想,怪不得导演叫他有心理准备,中年男人的戏确实累啊。

十几天过后,"父亲"因病去世。演完了最后一场戏,演"父亲"的这个演员,长叹了一声说:"终于演完了。"

这时候,演员丁丛还没有从"父亲"去世的痛苦中走出来。

戏演着演着就演到了老年,满头白发的丁丛躺在了病床上,那张床似乎还是"父亲"躺过的那张。输液器在慢慢地滴着液体,丁丛眼神空洞地望着房顶,此刻他用不着说台词,也不用表现肢体语言,他就这么静静地望向房顶。但是他内心却在剧烈翻滚。

他声音沙哑滞重地说:"请导演来。"

导演来到床边。

"我们演了多久了?"丁丛问。

"五十年,也许六十年吧。"导演回答。

"还在演吗?"丁丛问。

"还没有喊停。"导演说。

"我让您满意了吗?"

"你演活了一个好父亲,一个孝顺儿子,一个没有什么情趣的丈夫和一个工作能力一般的公司职员,你让大家满意了。"

"一直在戏里,我都没空做自己了,我想,想做回自己。"

"其实,这就是你自己。"导演说。

龙盖寺的品茗盛会

吕啸天

　　竟陵城西湖之滨有一座千年古刹——龙盖寺，住持智积大师擅制葱油饼，寺中僧人每日必食，竟陵葱油饼由此成为当地的美食。智积大师更擅长煮茶品茗。每有高僧来访，智积大师就会取来珍藏的茶中珍品，用化开的积雪之水烹煮，端坐于禅房之中品茗论禅。竟陵城中的达官贵人对此很是神往，把能与智积大师围炉品茗视为人生一大幸事。

　　竟陵城北天井山北峰有一棵珍稀的山茶树，长在悬崖上，要采摘非常艰险。曾有当地茶农腰绑绳索前去采茶，但是脚下的万丈悬崖让其不得不放弃。也有茶农甚至专门驯养了一只猴子，临到采茶时节，来到山上，猴子面对那万丈悬崖也吓得落荒而逃。

　　清明前的一天，智积大师给大弟子广教留下音信后，径自朝天井山北峰而去。

　　"师父傅冒着巨大的艰险前去采茶，这该如何是好?"广教大惊失色，召集众弟子商议对策。但是面对师父做出的如此决策，众人也无计可施，只有暗暗祈求佛祖保佑。

半个月后，衣衫褴褛的智积大师回到了寺里，大笑着宣布："采到了山茶。"那高兴万分的样子就像得到了世间的珍宝。智积大师说完给大家展示了放在陶罐里的一点儿茶叶：叶片厚实鲜艳，通体金黄，外形细嫩而卷曲，芽肥壮匀齐，香郁的茶香扑鼻而来。

"师父，你何苦冒着生命危险去采摘这点儿茶叶？"广教忍着热泪，半是责怪半是不解地问道。

智积大师又是一笑，道："在老衲眼中，禅事与茶事都是天下第一大事。能采到如此珍稀的茶叶，真是令人高兴。"至于他是如何千方百计在悬崖采到茶叶的，他闭口不谈，众人也不敢细问。

竟陵城南富豪钱万有，也喜品茗。得知智积大师冒着生命危险采到珍稀山茶的消息，派管家前来，愿出百两银子购买这点儿茶叶。智积大师一口回绝，笑道："在老衲眼中，再多的银子也换不来品茗的乐趣，别拿银子败了品茗的兴致。"

百两银子买不到一点儿茶叶，让珍稀山茶叶名声大振。竟陵城中人在猜测智积大师将会如何处置这些珍稀山茶叶的时候，智积大师在寺中贴出了一张告示：中秋节当天将在寺里举行品茗盛会。

中秋节当晚，皓月当空，众人云集在龙盖寺大雄宝殿前的广场中央，智积大师沐浴更衣、净手焚香之后走上广场中央的品茗台上，令人从藏在地窖里的一个黑色陶罐中取出三块泉水结成的冰块放在铜炉里，化开之后再用文火煮开，然后从陶罐之中取出珍稀山茶叶放进紫砂壶中，冰泉化茗，奇香四溢，聚集在广场中的人们不由连声称赞："好茶！好茶！"

"老衲采下珍稀山茶叶，不敢独享，邀请众人前来闻香品茗。"智积大师朗声道，"老衲穷尽二十余年的时光研究茶道，品茗的精髓就在一个品字。今日举行品茗盛会，一杯为量，老衲只沏茶一杯，能说出茶中智事、乐事、趣

事、妙事者,最有资格品用。"

智积大师话音刚落,人群中走出一位富态的中年男子,迫不及待地说:"在下正是竟陵城南富豪钱万有,商贾之余最喜品茗。曾经为求茶中极品白毛猴,花费过三百两银子。不知这算不算趣事妙事?"

智积大师尚未答话,人群中走出一位衣衫褴褛的中年男人,只见他朗声道:"在下左正南,湖州人氏。本来生在富裕之家,最喜品茗。只因生不逢时,家中遭遇灭顶之灾,左某沦为乞丐,纵是如此,还以品茗为乐。竟陵城每有茶事,左某必赶去观摩。年前得知竟陵城南富豪钱府花重金购买了名茶白毛猴,左某不顾身份赶去,只想讨一杯香茗。"

人群中有人就问钱万有:"如此名贵之茶,钱老板一定不舍得吧?"钱万有闻言脸红耳赤,无言以对。当日他得知有一乞丐上门乞讨,不求一饭,只为一杯香茗时,很是生气,叫仆人连骂带赶把左正南轰走。

"行乞亦不忘茶事,左施主奇志可嘉。"智积大师哈哈一笑,令人弹琴,再请左正南来台前品茗。

左正南端起茶杯先闻香,再慢慢品味。一杯香茗勾起了他无尽的往事,不由泪流满面。许久他擦干眼泪,感慨道:"月下品茗,人生百年。杯茗万里路,壶中乾坤大。品茗可怡情养性,可寄高风雅韵,可淡泊明志、宁静致远。一杯香茗尽藏清、寂、廉、俭、美、乐、静的要义。"

龙盖寺的品茗盛会成了竟陵城谈论许久的话题。又过一个月,这天的早上,智积大师正在做早课,左正南匆匆赶来,告诉他在西郊一座小桥旁边发现了一名被遗弃的婴儿。智积大师就把婴儿带回寺中精心抚养,并教他品茗之道。

许多年后,这个婴儿成了名满天下的品茗宗师。婴儿名叫陆羽。

每天送你一片菩提叶

吕啸天

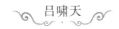

  洛城北山山脚下有一座千年古寺——度缘寺。青瓦佛灯装扮,简朴的千年古寺出奇的小,寺里的僧人屈指可数,但是每天到寺里进香许愿祈福的香客信众却很多,因为住持缘空大师是一位高僧。香客信众最盼望的事就是到寺里听缘空大师讲禅诵经,化解内心烦忧。

  缘空大师论禅必定来到我的身边,端坐于树下。我是度缘寺唯一的一棵菩提树。千余年来,我见到的景象不断重复、轮回,钟鼓、经幡、佛像、蒲团都像带着佛性,在规定的时间里发出声音、做着动作,对寺庙里的一切因为太过熟悉而提不起多少热情。与我有相同感受的是寺庙里年少的僧人了可。

  了可是一个被遗弃在路边的孩子,化缘路遇的缘空大师把他带回了度缘寺。十几年过去,已长大的了可选择了出家。每天进出寺庙,穿红戴绿的青年男女诱惑了他年轻纯真的内心,了可对山外的世界充满了好奇。但是面对缘空大师那威严的脸容,他只能欲言而止。

  讲禅诵经之余,了可试探着问缘空大师:"师父,你去过城里没有?山下那边是不是有很多很奇妙的东西?"

  缘空大师没有回答了可的问题。他给了可一个新的任务,每天清晨摘

一片带着露珠的菩提树叶下山赠送给有缘的香客。每天天黑之前要赶回寺里诵经。

了可抑制不住内心的激动和惊喜，凌晨五时就悄然起身，摘了一片树叶就迫不及待地下山了。步行三十里来到镇上，天才亮起来，他见到的第一位信众是一个卖肉的屠夫，了可把菩提叶交给了屠夫。屠夫很感动，净了手接了树叶，还朝度缘寺的方向拜了几拜。送完菩提叶，了可来到洛城市中心走走停停看看，觉得一切都很新奇。

第二天，了可又早早起床，摘了一片树叶就急急下山。赠送完树叶，他还是到洛城四处转悠，直到天黑才回去。

了可的师兄了真很担心地对缘空大师说："师父，您一直要求我等持一颗静心修佛，师弟如此天天下山，会不会变得烦躁不安？"

"红尘世事，诱惑无比，迷途逆行，徒增烦恼。"缘空大师喧一声佛号道，"是非有因，一切早有定数。不求、不迫，你无须多忧。"

了可每日从山下回来，想向大师说说进城的感受。缘空大师只是淡淡一笑，让他到禅房诵经。二十岁刚出头的了真自小在度缘寺出家之后，一直没再踏出山门一步，对山外的世界其实也充满了好奇和向往。夜里，他暗中向了可打探进城的见闻，了真听得入了迷，也恨不得能下山去看城里的风景。

了可还是天天下山，把我身上的叶子赠送出去，但是他心里也多了烦躁。每天赠送了菩提叶，再到洛城转悠，一切因为熟悉而没有新意，他欣赏的激情已没有多少。相反，来来往往的市民见他整天在闹市之中穿行转悠，认为他不事禅修，对他指指点点，颇有微词。无形的压力令了可感到难受。

这一天天黑时分，了可下山回来去找缘空大师，请求大师收回成命，不再让他下山送树叶。了可碰到一件令他难堪的事，城郊一位年轻貌美的娘子，因为夫君每天起早摸黑忙着买卖之事，聚少离多又没多少情趣，寂寞难耐，见到前来赠送树叶的了可长得眉清目秀，不由芳心大动，请了可到她家中用斋饭。进了娘子的家中，了可看到案上已有一片已风干的菩提叶，不由暗暗称奇。席间，这位娘子眉目传情向了可示爱。这一切令了可感到害怕。了可把树叶交给那位娘子就急急离去。

了真听了了可讲述的这个过程，两眼放光，问清了那位娘子家中的位置，就去找缘空大师，要求第二天由他下山去送菩提叶。

"无晴无雨，无对无错。"缘空大师沉默片刻，挥了挥手对了真道，"你去吧。"了真下山之后却再也没有回来。了可很担心，要下山去找师兄。

"红尘迷途，何有归期？"缘空大师轻轻一笑道，"来去有序，各行其是，遵循其道，始得自在。"

了可一直在等师兄，师兄一直没再回来。几个月后一个面容憔悴的男人上门求见缘空大师，要求皈依佛门。男人妻子红杏出墙与人私奔。男人怒火万丈，准备追杀二人。

"是这片菩提叶，使我放下了利刃和心头的恨。"男人从身上取了一片已经风干的叶子。

了可跑过来一看，不由目瞪口呆，这个男人正是他第一次下山见到并赠给他菩提叶的卖肉屠夫。

缘空大师为屠夫进行了剃度，为他取法号了明。

传奇·每天送你一片菩提叶

绝唱

孟宪歧

那年秋,景阳镇来了一对唱影戏的小夫妻,男人高大魁梧,女人则小巧玲珑、妩媚动人,属于让所有男人心动的女人。在这兵荒马乱的年代,出来卖艺挣口活命钱实属不易。

正巧,这年风调雨顺,老百姓土里刨食,粮食大丰收,几个镇里的头面人物一合计,就决定唱三天影戏。唱影戏都是在晚上,两张桌子一拼,灯光一照,幕布一拉,便可上演,既省钱又省事。

唱影戏一般得四个人,敲锣鼓拉弦的,耍巴上身的,耍巴下身的,还要一个人专门唱。四个人也是一点空闲都没有。这对小夫妻,上身下身一个人耍,敲锣鼓拉弦兼唱也一个人干,有多忙活可想而知。偏偏,男人动作娴熟,把那影人耍得活灵活现。而女人呢,更是多才多艺,锣鼓响,乐器响,再唱出来,样样精通,真是了不得。尤其她那张嘴更是绝无仅有,一会儿唱男声,一会儿唱女声,一会儿唱老人,一会儿唱小孩,唱谁像谁。大家看了,可劲儿叫好。

三天过后,小两口觉得景阳镇的人待他们好,管吃管住,给的报酬也多,就决定再免费赠送一晚上。

就这一晚上,就出了事儿。

在距景阳镇三里处,驻扎着国民党的一个团。团长姓徐,是个无恶不作的家伙,见钱就收,见了漂亮女人就抢。

小夫妻白天没啥事儿,去镇上转悠,女人想做一件旗袍。偏偏,团长的太太也想做衣服,就让团长领着来到了绸缎庄。团长太太让团长领着,就是想白做衣服不花钱。你想想,这团长凶神恶煞一般,哪家绸缎庄老板敢得罪呀?

团长就跟小夫妻打了照面。

只一眼,团长就没了魂儿。团长阅历女人无数啊,可从来没见过这么好看的女人。反正,团长一见钟情。在景阳镇,只要被团长看中的女人,不管她是谁,没有能逃出他魔掌的。团长碍于夫人在旁边,只是狠狠地瞪了女人一眼。这一眼,是恨不得把女人一口吃了的眼神。

女人在劫难逃了。

团长晓得了女人是唱影戏的,就吩咐卫兵说:"明天请他们给我去团部好好唱一回影戏!"

团长又吩咐卫兵:"派一个班的人给我看着,不允许他们离开景阳镇一步!"

卫兵就对女人说："明天团长请你们去团部唱影戏。"

男人问："我们要是不唱呢？"

卫兵就掏出手枪顶住了男人的太阳穴："你敢？要命不？"

女人说："好。我们唱就是了！"

景阳镇请他们来唱影戏的头面人物知道小两口遇到了麻烦，可又奈何不了团长。就托人去找团长求情。

求情的人回来说："团长只跟我说了一句话，把女人送来啥事没有。"

女人知道已经无路可走了。想逃，团长的人团团围住了他们的住处；不逃，深入虎穴其身难保啊！

女人就哭，对男人说："我害了你！"

男人也哭，对女人说："我就去和他拼了吧。"

女人说："咱不能拿鸡蛋往石头上碰。"

女人直接去了中药铺，老先生按照她的要求开了一服中药。

女人又在景阳镇的杂货铺买了一包朝天椒。这种辣椒非常辣，一般人吃不了。

男人惊问："吃辣椒要坏了嗓子的。"

女人平静地说："身子不保，嗓子又有何用？"

女人和男人回到住处，用热水把朝天椒泡上了。女人说："以后，咱家可就指望你一个人了。这影戏，恐怕是唱不下去了。"

男人说："不管你咋样，都是我的好女人！"

女人说："晚上咱夫妻俩好好唱一回，也算是我们的绝唱了！"

天渐渐黑下来。小两口便敲锣打鼓召集人，团长的人持枪站在四周。

男人把影人舞动得轻盈洒脱。女人唱男人声调粗犷豪放，响遏行云；唱女人声婉约细腻，莺歌燕啼。

唱罢，夫妻双双出来谢幕，两人弯腰深深鞠了一躬。当着众人的面，男人端过一碗水来，女人一仰脖，一气喝了下去，而后蹲在那里咳嗽不止。

第二天,团长带领一个排的士兵开着吉普车来接女人。团长亲自来到女人的住处。

男人说:"我女人得了天花病。已经起不来了!"

团长大声斥责:"胡说!昨天不是还好好的吗?怎么说病就病了?"

男人想挡住团长进屋,卫兵立即把枪口对准男人的脑袋威吓:"不想活了不是?走开!"

团长就进了女人的房间。女人正躺在床上,满脸都是流脓淌水的疙瘩,还散发着一股恶臭。团长立即用手掩住口鼻,狐疑地伸手撩开了被子,便看见女人裸体的身上疙瘩满身,把被子和褥子都弄脏了。

团长咂咂嘴,淫邪地说:"可惜啦,上不了身了!晦气!"而后,团长便气冲冲离去。

团长走后,女人立即起床,虽说身上起了许多疙瘩,但并不妨事。那是猛烈的辣椒水加一种中药催生出来的。而那种满屋的腥臭,也是另一种中药散发出来的。当然,都是为了迷惑那团长的。

只是,女人的嗓子已经哑了。

两人急急离开景阳镇。

后来有人说,女人的父亲就是老中医,她耳濡目染,懂得一些关于中药的秘诀;还有人说,后来那女人的嗓子也好了,曾看见这对小夫妻在别处唱影戏。

清茶

李永生

　　野三坡境内有一座高山，悬崖陡壁，状如斧劈。山顶有一处平台，台上曾建有娘娘庙。据说建此庙时因山高路远，建筑材料难以运送上山，有人便想出用山羊驮运的高招，将附近村庄的山羊集中起来，在每只羊身上拴几块砖瓦，成百上千的山羊边啃食青草边朝山顶进发。远远望去，整个大山犹如下了一层雪，很是壮观。

　　经过几百年的风吹雨打，娘娘庙越发残破，驻僧也换了一茬又一茬，到清朝光绪年间，只剩一位高僧在此修行。高僧法号了凡，已年近八旬，但仍精神矍铄，腰身板直。了凡高僧出家前是一位名医，本就心地善良，出家后更加仁慈，经常义务为百姓治病。他怕乡亲们到山上看病不方便，便每月初一、十五背药葫芦骑毛驴下山巡诊。那毛驴是个早产儿，它母亲生下它便死去了，主人怕养不活它，想丢弃不管。高僧得知，将小毛驴抱到山上，用米汤把它喂活。毛驴个头不大，却长了一个"大门头"，人说这种驴极聪明极智慧。

　　了凡巡诊，天蒙蒙亮就出发。高僧骑驴，无须手握缰绳，仍能手持佛珠念经，稳坐驴背。毛驴四蹄撒欢，踏得山石"嘚嘚"脆响，人和驴都显出几分精神。

到了山下村庄,天正好大亮。病家主人早已在路口迎接。高僧下驴进屋,对病人望闻问切。主人回过身,将一捆鲜嫩青草恭恭敬敬地放在驴面前,毛驴便很友好地望望主人,三缕二缕衔起而食,吃得优雅。吃饱了,高僧也正好从房中走出,主人千恩万谢,高僧双手合十作别,抬腿儿上驴,又去了其他病家。

高僧了凡骑驴巡诊,救治山民无数,百姓无不感念他的恩德。有人提出在悬崖峭壁上为其开凿一块巨型"功德碑",百姓闻讯,无不响应,纷纷倾囊捐款。了凡知道后,吓了一跳,喊声"罪过",骑上毛驴便去阻拦,好说歹说,乡亲们才作罢。

了凡有一嗜好——饮茶。高僧脱俗,饮茶也极讲究,他一年四季饮的都是绿茶。绿茶的香气最雅致,一壶开水冲进去,那墨绿色的茶叶打着旋儿舒展成一个个透明的气泡,一股幽香能感染一片天地。茶具是一盏成窑五彩小盖盅,雕镂奇绝,一色山水人物,并有草字图印,那是出家前病家送他的,已被摩挲得通体发亮。过去,了凡一直用山上的泉水煮茶,后来换成了山下村庄的"龙眼井"水。了凡第一次接过病家递给他的"龙眼井"水便眼前一亮。病家把水倒得满满的,水高过杯口,光滑得如披了一层缎子面。高僧道声"极品",喝一口果真比山上泉水更加甘洌。自此之后,了凡便改用"龙眼井"水煮茶烧饭。

为了凡运水的便是那头大脑门毛驴。

了凡先是领着毛驴下山驮了几次水,然后便决定让毛驴单独去驮。

天未亮,高僧便起床打火烧饭,接着添草加料,把毛驴喂饱,然后在驴身上拴好水桶,目送毛驴下山。

这是毛驴第一次单独下山驮水。毛驴因主人对自己的信任而激动,打着响鼻儿一溜儿小跑,没多久便来到了井边。这时"龙眼井"边已聚集了三三两两打水的乡亲。老乡们见了毛驴独自下山,先是一阵惊讶,再望水桶,更为惊奇——桶里边竟放着两张烙饼。人们一下子明白了——高僧要用烙

饼换水吃。人们争先恐后地为水桶灌满水，烙饼却没有留下，依旧让毛驴驮回去。高僧为乡亲们办了那么多好事，难道为他打水也要报酬吗？

第二天，毛驴又来驮水，不过这次桶里的烙饼变成了四张，乡亲们给桶灌满水后，依旧不肯把烙饼留下，毛驴便原地打转怎么轰也不走。一老人说："他一准是上次驮回了烙饼，挨了大师的责怪。"人们只好留下烙饼，毛驴欢快地打个响鼻儿，立即转身上了山。

这以后，毛驴每天都在大清早下山，用烙饼换水，谁第一个见到毛驴，谁便拿走烙饼，然后负责给水桶灌水。

毛驴驮水，一直持续了二十年。这天早晨，天上下起了大雪。毛驴又下了山，然而身上不见了水桶和烙饼。毛驴见到乡亲们，仰天大叫，四蹄刨击地面，一脸的焦躁与不安。乡亲们心里咯噔一下，忙朝山上奔……入寺庙进禅房，见了凡已经坐化了，眼前一盏茶水，也已冰凉。

乡亲们含着泪把毛驴拉下山。大伙儿一商议，决定轮流养护它，每家一月。到了新家，毛驴拉磨驮柴，任劳任怨。当然，有一件事乡亲们谁都不会忘记，那便是户与户交接时，新主一定会和毛驴一起上山，在高僧墓前敬献一杯"龙眼井"茶。

毒药

李永生

　　水娟是涞阳大土匪马三鞭的压寨夫人。马三鞭十三岁上山当土匪,先是给匪首牛老大当跟班。牛老大见他机灵,便有意一步步点拨他。后来牛老大被官府捉住砍了头,马三鞭便被众匪拥戴成匪首。

　　马三鞭当上匪首的第二年,手下给他抢来了水娟。水娟穿一身葱芯绿裤褂,脸蛋也水葱似的娇嫩。见了马三鞭,她不哭不闹,竟一脸的平静。

　　马三鞭走近水娟,摸她脸蛋一下,问:"你怎么不哭?"

　　水娟说:"哭有什么用?"

　　马三鞭说:"你有胆,你要是个爷们儿,一准成大器。"

　　水娟说:"我要是爷们儿,早把你宰了!"

　　马三鞭先是一愣,接着咧开大嘴笑了,说:"越是叫得欢的狗越不咬人。跟我过,不会让你吃亏。"

　　水娟叹了口气。

　　马三鞭得了这么一位漂亮夫人,心气大爽,活儿便做得顺顺溜溜,一连起了好几个大票。马三鞭对水娟挺好,供她好吃好喝自不必说,还派两个小土匪专门到保定府为她买来绫罗绸缎。

　　一晃两个月过去了,水娟在山上过得快快乐乐,见不到半点儿愁容。

这时一个小土匪对马三鞭说:"大哥,我总觉得夫人不对劲儿。"

马三鞭说:"我也这么想。哪个女人愿意跟土匪过一辈子?可夫人却显得并不怎么嫌弃我,这里面一准有啥事儿。"

马三鞭就多了些心事。

这天,马三鞭正喝闷酒,水娟走来说:"再下山,你给我弄包毒药。"

马三鞭心里咯噔一下,一口酒呛得他咳嗽不止:"你……你寻死?"

水娟扑哧一笑:"我年纪轻轻的干吗死呢?"

马三鞭把眼珠子瞪得溜圆:"那你要毒药干啥?"

水娟说:"我觉得干土匪最终不会有好果子吃,肯定是死路一条。我藏包毒药,万一将来官府抓住我,我就把毒药拿给他们看,说我是被你们抓来的,一直找机会想弄死你们。这样就能证明我和你们不是一路,官府就会放过我。"

马三鞭起身围着水娟转了一圈儿,接着落座低头不语,好半天才"啪"地一弹脑门,朝水娟一伸大拇指:"夫人真高明,连这么邪的招儿都想出来了。好吧,我给你弄一包。"

几天后,马三鞭把一包白色的粉末交给水娟,说:"砒霜,小心收好。"

水娟走后,马三鞭嘿嘿一笑,目光竟有些阴冷。自此后,马三鞭就显得心神不定了。过了好多天,他忽然叫来水娟问道:"你那毒药呢?我瞧瞧!"

水娟就拿来药。

马三鞭先是仔细看看纸包,见自己做的记号没变,就又问:"你到底用这干啥?"

水娟把眉毛一挑:"我不是跟你说过吗,我用它给自己留后路。"

马三鞭死盯着水娟双眼:"不是为了毒死我?"

水娟说:"原来你这样想,我说咋看你这几天像有啥心事哩!"

水娟叹口气:"其实,我也不愿跟你个土匪,可没法子,你坏了我身子,谁还娶我!与其愁眉苦脸哭哭啼啼,还不如糊里糊涂地活着。"

马三鞭长出一口气,说:"你真那么想?"

水娟说:"真的。"

马三鞭说:"这么想就对了!女人这一辈子图啥?还不是为了穿好吃好!这些我都给你。"

说着,把那包砒霜扔到院子里:"我怕你害我,给你的是假药……明儿个我给你弄包真砒霜。"

没过几天,马三鞭果真又交给水娟一包药粉。

涞阳知县一直把马三鞭他们视为肉中刺,一心要除匪患。怎奈县衙只有十几名捕快,人手不足,对付几个小蟊贼尚可,但对付大股土匪就力不从心了。

近来,马三鞭他们活动越来越猖獗,涞阳知县只好将匪情呈报给保定府,知府便发来三百官兵。官府这次行动极为保密,三百官兵都没穿军服,打扮成百姓模样分散进入涞阳城,在县衙集中后,选半夜时分行动。官兵不点火把,摸黑爬山,马蹄裹上棉布,连刀枪都用布包裹,怕在月光中反光。

官兵快到山顶了,放哨的土匪方发觉,忙敲锣报警。待马三鞭他们从炕上爬起来时,官兵已将山寨围了个水泄不通,马三鞭匪众全部被擒。

官兵绑了马三鞭,接着就要绑水娟。水娟捋捋眼前的刘海儿,镇静地说:"我和他们不一样,我是被他们抢来的。"

带兵的千总拧了下她的屁股,不怀好意地说:"想活命还不容易!巴结巴结我不就行了,还用得着费劲编瞎话?"

水娟说:"我没骗你们,我有物证。"

官兵押着她取来那包药粉。

水娟说:"这是砒霜,我偷偷藏的。我早想毒死这帮土匪。"

千总将信将疑,将药粉倒进水里,硬给一个土匪灌进嘴里。好半天,却不见动静。

水娟傻了眼,望着马三鞭直发呆。

马三鞭说:"这包还是假的。你那么漂亮,我死了,留下你给谁睡? 我要你陪我一块儿死。"

水娟一听,"哇"地哭了,她用手一指马三鞭:"你好狠啊! 我为自己吗? 我是舍不得肚子里咱们的孩子啊!"

马三鞭脑袋"嗡"的一声,一下子瘫在了地上。

扈三爷

李永生

在涞阳城,扈三爷算是大财主。多大?虽数不上第一,但也能排老二,有戏。他家挨铁路边住,那是穿过涞阳县的第一条铁路,詹天佑修的,为的是方便慈禧老佛爷去易县西陵上香祭祖用。"过了铁路,最数老扈",说的就是扈三爷家大业大。

扈三爷长得富态,脑袋似直接搋在肩膀上的冬瓜,后脖颈儿上一溜肉沟。人说这长相天生就是富贵命。可谁知道,扈三爷原先却是个叫花子,拎着打狗棍讨了十几年的饭。

叫花子怎么就富贵了?是金元宝绊了脚丫子,还是瞎猫碰上了死耗子捡了狗头金?这就不知道了。

这扈三爷有一怪癖:每年的腊月初六,他一准当一天叫花子。

那天,扈三爷会穿上一件补丁摞补丁的老棉袄,端一破碗,把家里的剩粥剩饭一起倒进去,用两根树枝子一搅和,蹲到大门口呼噜呼噜吃得山响。晚上躺在狗窝里睡,裹一麻袋片子捂着脑袋,冻得腮帮子发紧、牙齿嘚嘚打战,但任凭谁劝都不回。

三爷说:"这叫富贵不忘本。牢记昨儿那苦,方能珍惜今儿的好光景。"

从这件事情来看,扈三爷这富贵一准也是来得不容易。什么金元宝狗

头金,纯属瞎编排。

那年的腊月初六,又扮成乞丐的扈三爷吃完"杂和粥",挂着个打狗棍去了城里,扈三爷要剃头。

扈三爷专找他没去过的理发店。别说,城西拐角处还真有那么一家,门脸不大,房子老旧,但门楣上的牌匾看上去挺新,上面两个字简明扼要:"剃头。"门前撒了一地炮仗纸屑。甭问,新开张的。

扈三爷就进去了。

扈三爷一掀门帘,就见一人正侧着身子在椅子上睡觉。扈三爷蹑近那人,歪着脑袋瞄一眼,见这人三十多岁,睡得挺香,哈喇子都流出来了。

扈三爷咳嗽一声,那人一激灵醒了,起屁股站起来,揉眼望望扈三爷那一身烂棉袄,脑门儿挤出一个疙瘩:"要饭去别处。"

扈三爷说:"不剃头,挂那破牌牌干吗?"一屁股坐在剃头的座位上。

剃头匠看看三爷,脖子一扭,伸出手。

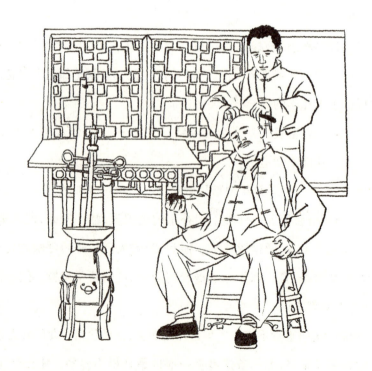

扈三爷斜乜一眼:"干吗?"

"先给钱。"

"爷爷剃了半辈子头,还没听说先收钱后干活儿的呢!"眼一眯,身子一软,扈三爷就仰在了椅子上。

剃头匠也觉得理亏,不再坚持。

剃头匠这活儿干得也真是糊弄,再加上扈三爷的脑袋也着实难剃,收刀完活儿,除了在青光光的头皮上留了七八条血口子,那后脖颈儿上的沟沟坎坎里都是毛毛渣渣,似未褪干净的猪头。扈三爷自始至终忍住疼,不言语。

这时剃头匠龇牙一乐:"爷,可舒服?"

扈三爷咬着下嘴唇挤出个"舒服",手伸兜里摸索:"几个子儿?"

剃头匠伸出三个手指头:"三个大子儿。"刚说完,就又攥回一个手指头,"看你这日子过得也不咋的,饶你一个,给俩得了。"

扈三爷手伸出来,朝桌子上一扬,一个大洋在桌子上跳两下滚半圈又"当啷"蹦到地上。

剃头匠撅屁股望着那个"袁大头",喊声"我的爷",傻了眼。

扈三爷道:"狗眼看人低。"拍屁股,走了。

又过了一个月,扈三爷又来剃头。这次的扈三爷长袍马褂,一身簇新溜光,胸前那条怀表金链子有小手指头粗。剃头匠长了记性,从扈三爷进门,就祖宗一样伺候。洋胰子洗头,新毛巾净脸,那剃刀在磨刀布上嚓嚓蹭半天,手指肚在刀刃上试了无数遍。左手按着三爷脑袋瓜儿,劲头说大不大说小不小。右手拿稳剃刀在脑袋上左剃右刮。剃刀过处,扈三爷就觉得透亮清爽。后脖颈儿那一溜肉沟,就觉得一松一紧,一撑一合,被什么东西挠痒痒一样舒服。末了,耳朵眼儿还被细细地掏了。扈三爷闭着眼睛直哼哼。

完活儿,扈三爷对着镜子一照,青光一片,连个头发碴儿也甭想找着。剃头匠嘿嘿讪笑,弓着身子就等主人看赏了。扈三爷却摸出三个小钱一个一个丢在剃头匠手中,然后背着手,意味深长地看着剃头匠,只等他脸上出

现某种表情。

这时候剃头匠忽然开口了："爷，我知道你想要说什么。"

扈三爷"嗯"一声："那你说说。"

剃头匠直起腰，说："爷一定是想说，这三个小钱付的是上次的，上次的一个大洋付的是今儿的。"

扈三爷一愣——这正是他要说的话。

剃头匠一笑，说："恕我直言。老爷说我狗眼看人低，没错，知道为什么？因为我是小人物，小人物就不能有个性，别人怎么样我就得怎么样，就得见人下菜碟。老爷一准是滋腻过了头，才轻贱自己当乞丐。老爷先当乞丐后摆阔扔大洋，先把自己放在山谷，再登上山尖，看我们被唬得一惊一乍的，就获得了一种满足感。其实老爷这是找乐子，抖威风，找刺激。我白七是个小人物，今天之所以揭您这个短儿，就是告诉老爷我白七不是个傻子。"

说到这儿，白七忽然啪地抽自己一个嘴巴子："老爷，原谅我今儿喝了二两猫尿，看我这张臭嘴哟！"

说着白七拔腰挺胸，响亮地喊声"好走"，把个张着大嘴的扈三爷送出了门。

劝酒师赵真颜

许 仙

赵真颜三十岁前是个厚颜无耻之徒，嗜酒如命，大话连篇。因为他的这张嘴，家里穷得叮当响（凡值钱的东西都让他换酒喝了），是非不断（他造谣撞骗，祸从口出），遭家乡人唾骂，家人忍无可忍，最后将他逐出家门。

赵真颜被家乡抛弃了。他流落到县城，混迹于市井街头，终日与流浪汉为伍。其凄惨景况通过进城老乡之口，传回家乡，成了家乡人茶余饭后的谈资笑料。家人咒骂他怎么还不死呢，要死死远点，也好让家人清静度日。赵真颜闻声，离开县城，流落到更遥远的省城。

他不想见到家乡人，更不想被家乡人见到，所以到了省城后，赵真颜就白天找个旮旯睡觉，晚上才出来觅食。

天无绝人之路，赵真颜某夜救了一个酒鬼，不料此人是某企业老板，有太多不得不喝的酒，得知赵真颜酒量惊人，便留他在身边。每有应酬，请他代酒、劝酒。赵真颜不但酒风好，又能说会道，乡村笑话又新鲜风趣，酒席上有了他，无不风生水起，高潮迭出。赵真颜功德圆满，为企业创造了巨大的经济效益，所以，他不但每月有工资可领，年终还有大奖。

想到昔日对家庭的种种伤害，赵真颜有心补偿，便每月一千两千地寄钱回家。家人惊慌失措，以为这是偷盗所得，如数退还，并修书欲与他断绝关

系。赵真颜表明心迹,并告之真情,他现在不但活出个人样了,而且还结识了不少达官贵人。

家乡人半信半疑,托其办事。赵真颜想昔日有愧于家乡父老,便竭力帮忙,倒也事事成功。渐渐地,赵真颜在省城有了名声,一些企业老板、公司老总和政府机关干部纷纷找他代酒、劝酒,而且尊称他劝酒师。赵真颜在省城找到了自身的价值和做人的尊严。为家乡父老办事多了,赵真颜在家乡也成了名人,找他帮忙的家乡人越来越多,但赵真颜不厌其烦,全心全意为家乡人服务。

一晃十年过去了。赵真颜厌倦了省城的生活,厌倦了劝酒师的生活,厌倦了醉生梦死和孤独的生活,便毅然回到了家乡。

此时,赵真颜大有功成名就、衣锦还乡的范儿,家乡人自然热烈欢迎,赵家门庭若市,送礼者不断。但随着时间的推移,赵真颜洗尽铅华,不再为家乡人办事。而且依旧嗜酒如命,渐渐地,就又恢复了昔日的旧模样。

在省城,他喝酒不用掏钱,而且喝的都是好酒;现在他有了李白"会须一饮三百杯"的劲儿,却没有李白"千金散尽还复来"的本事。家人对他怨声载道,过去有求于他的家乡人更是退避三舍……

当劝酒师再次沦落成酒鬼时,赵真颜又一次被家人和家乡父老抛弃了。

人到中年的赵真颜再次被迫背井离乡,他决定走得远一点,再远一点:他没有在省城落脚,而是通过省城一位贵人的介绍,去了京城,在京城重操旧业,当起了劝酒师。在声色犬马和醉生梦死的世界里,赵真颜如鱼得水,重新获得了达官显贵的尊重和做人的尊严。

距离产生了地位和尊严,当赵真颜在京城渐渐有了一些名声之后,家乡人又千里迢迢地找来了,又千方百计地馈赠厚礼,托他办事。赵真颜竭力逃避着他们,但他们就像无孔不入的狗仔队,令他无处逃避……放弃家乡或者说被家乡放弃并不是太痛苦,最痛苦的是放弃之后,心灵还在频频回望,精神还在绝望挣扎。但赵真颜知道他今生今世是回不去了。

岁月不饶人,赵真颜终于老了。京城声色犬马和醉生梦死的生活,加速了他的衰老。他老得不能再做劝酒师了,老得同样被京城抛弃了,沦落为酒鬼和乞丐。这年冬天,赵真颜冻死在大街上,像一条暴毙荒野的野狗,无人认领。但在赵真颜的家乡,他依旧是一个响当当的人物,很多年以后仍被人传颂。

官痴

王孝谦

刘光第,字裴村,富顺县赵化镇人,三十九岁便因戊戌变法被慈禧太后杀害,留下一世英名,与谭嗣同等并称"戊戌六君子"。

少时,裴村性情倔强。在沙滩上与小伙伴捉迷藏,被找到了,要他下跪,不从,便厮打起来。裴村摔下土坎,满脸是血,吓得不敢回家。

不承想,一向严厉的父亲刘宗准找到裴村却拍拍他的肩膀,笑着说:"好小子,做得对,就是不能在别人面前下跪。记住,你的膝盖是铁打的,不能弯;你的颈椎是钢铸的,不能低头……"

一次,裴村在学校里被伙伴诱导误吸了鸦片,回到家里,父亲"啪"地给了他一耳光,吼道:"混蛋! 记住,往后就是死,也绝不能抽这种东西!"

正在病中的父亲说完便大声喘着气。裴村捂着脸哭了起来。

母亲王洪泰抱住他说:"男子汉大丈夫,不准哭。这是你爹第一次打你,你一定要记住,不能抽那害死人的鸦片!"

刘宗准病故,家境愈加清贫。为补贴家用,裴村背着母亲当了剃头匠学徒,曾离校弃学三月。塾师管鹿田言告王洪泰,王洪泰怒而无泪,遂下狠心卖掉临街房屋,再送裴村入学。裴村深感母恩浩荡,从此鸡鸣即起,苦学不辍。

据《富顺县志》记载:"刘光第十九岁赴县考,廖保正控他曾操理发贱业无科考资格,知县以'例无禁考明文'驳回,准予考,阅卷奇其文,拔置案首(第一名),闻其家贫力学,又予资助深造。"

裴村先后求学泸州、成都,历尽千辛万苦,毫不退却。一次自泸州归家途中,裴村偶被疯狗咬伤,他立即向当地农户借了菜刀,硬是自己动手挖去毒肉,汗如雨下,却不哼一声,少顷便包扎而去,围观民众无不称奇。

光绪八年,裴村乡试中举人,次年连捷二甲进士,授刑部广西司主事。

秋,裴村回四川省亲,路见灾荒严重,川东沿江两岸广种罂粟,而粮食歉收,民不聊生,灾民结队外流。裴村忧心如焚,除尽力解囊资助灾民外,又弃船上岸,怒斥川东道台,要求禁烟。

几个回合之后,川东道台也不饶人:"刘大人,刘主事,你刑部管不了川东道台! 念你年轻,少不更事,速速去吧!"

裴村瞪大惊愕的眼睛,愤然离去。

月光下,裴村苦苦思索着,时不时发出一声哀叹。他自忖在京做官数载,安贫守素,家务由夫人张云仙亲自操办,本人粗衣素食,步行上班,官场中对他有"一布袍服,十年不易"之说。虽自奉俭却满屋书籍,暇时读书作文,诗文盈尺。后人为其结集编纂有《哀圣斋文集》《介白堂诗集》《刘光第文集》等。他坚持不结交外官,不接受馈赠,而由自贡盐商老友资助三百银两补贴家用;自认清正廉洁,不负皇恩也对得起祖宗,然世风却如此日下……想着想着遂挑灯铺纸,奋笔疾书,拟就《甲午条陈》,冒死上奏。

光绪皇帝捧着刘光第恳请皇上"乾纲独断以一事权、下诏罪己固结人心、严明赏罚以操胜算乃至隆重武备以振积弱"为主要内容的《甲午条陈》,百感交集,他为有这样为国为民而把生死置之度外的良臣倍感欣慰。

光绪二十四年,裴村被光绪召见,受任四品衔军机章京参与新政,与谭嗣同同值一班。后慈禧太后发动政变,囚光绪于瀛台,时年三十九岁的刘光第与谭嗣同、杨锐、林旭、杨深秀、康广仁同时被捕。

北京菜市口刑场人头攒动，监斩官刚毅宣布："刘光第跪下接旨！"

刘光第怒目圆睁："未经审讯，我有何罪，怎能下跪？"

众狱卒上前，推压摔扯仍未使刘光第跪下。除刘光第外，其他五人被强行下跪而斩。

刘光第独不跪。刽子手推搡了几次，无效，无奈，挥刀砍下刘光第的头，血喷如注，冲天丈余，而身躯久久不倒。

光第先生灵柩回乡途中，沿江两岸民众纷纷鸣炮致哀，长跪送行……

1998 年，富顺县将赵化中学更名为"光第中学"，并由刘光第的孙子刘倜信亲书校名。同时，挺直的刘光第雕像成为赵化古镇最美的风景。

太源井奇缘

王孝谦

康熙年间,太源井因盐井得名并有了街市。小街临河,路面由石板铺就,左通富顺县,右通自流井。小街两旁茶楼、酒肆、旅馆、烟馆林立。

李八业凭借祖传技艺在太源井街头建起了晒醋厂,他既当老板又是掌缸师。

李八业常坐在小街茶楼喝茶,说起他的太源井晒醋就没完没了,茶喝白了,他嘴里的晒醋味儿还黏黏的。当地无人不知太源井晒醋的来龙去脉,其以安桂、银花、甘草等一百零八味中草药制曲,再经过二十多道传统工艺流程精酿而成。晒醋质量好但生产周期长,产量不大,所以一直供不应求。

李八业从不回避远近同行采用多种方式来套他的绝招,他公开说,中草药制曲,传统工艺,天然发酵,是太源井晒醋区别于其他食醋的根本所在。但大家都知道,诸如用釜溪河水淋醋这些事李八业都要亲自做,午夜时分还要亲自蒸"豆油母子",清晨还要检查晒醋时的湿度和温度。同行们照样做了,但做出来的晒醋还是没有太源井晒醋的风味。

李八业在业内便成了一尊神,众人直呼他为"八爷"。

抗日战争爆发,沿海盐场相继沦陷,各地需要自贡供应食盐,太源井本是水陆交通要道,一时人流如潮,晒醋生意自然更好。八爷将生产规模扩大了一倍,质量却一如既往,而价格却比抗战前降了三分之一。众人不解,八爷鼓着眼吼道:"老子这是用实际行动支持抗战。"

八爷没想到的是,1941年夏天日本飞机毫无预兆地轰炸了太源井,晒醋厂的坛坛罐罐没剩一只完整的,八爷闷了三天一句话没说。晒醋厂一时难以恢复,八爷召集同行先后到几个乡镇办起了酿醋厂。然而不管八爷如何认真负责,仍然没有一处的醋拥有太源井晒醋的独特味道。

八爷不死心,又回到太源井,在断墙角半截陶缸里发现了薄薄的一层长成白霉的陈醋。八爷一阵兴奋,找到了残存的"醋母",后来又找到了一堆醋泥。八爷当即决定在原址恢复重建太源井晒醋厂。新厂建起之后,八爷因年事已高退了下来,把绝活儿传给了外姓的汪九业。

汪九业接手之后又另辟蹊径,潜心钻研中医药,日积月累渐渐摸清了一百〇八味中草药的药理。汪九业的酿制技艺在八爷的点拨下也达到了炉火纯青的地步。

一次,汪九业到武汉参加一个行业研讨会,在吃早餐的面馆里,他自带的醋香吸引了一店的客人。一位已经吃过面的中年男人向他要了醋品尝,为了吃醋那人又要了一碗面。一阵攀谈之后,那人向汪九业要了名片,说一定要来自贡看看太源井晒醋。

原来那人是叫森木太郎的日本商人。森木悄悄来到太源井晒醋厂,通过明察暗访,知道了一些秘密。晒醋厂所在地处于釜溪河边的小山坡上,温度、湿度适中,既通风又可晾晒,可谓温光水气的影响都恰到好处,其他地方很难找到相同的地理环境和小气候,也就是说只有此地才能生产出独特的太源井晒醋。而用溪水浇醋虽也独特,但其酿醋用水是从厂内那口秘不示人的古井里提上来的,这可能才是关键。森木对中国传统文化独有一番研究,他探访到了一百零八味中草药的巧妙之处,传说是由三十六味中药和七十二味草药搭配而成,而这正合了中国神话中的三十六天罡及七十二地煞的和谐配搭,才造就了太源井晒醋的独特风味。

好的东西无法复制,就只能揽在手中,于是森木通过招商部门要求购买太源井晒醋厂。汪九业坚决不同意。职工们见日本人开出的条件很优厚便有点儿动心,去找汪九业探口风。

汪九业捧出李八业的牌位,一拜再拜后说:"八爷临终遗训,日本人炸毁了老醋厂,老人家连醋都不让日本人吃,谁还敢把厂卖给日本人?"

职工们直点头,一个个默默回到了各自的岗位上。

森木逼得紧,汪九业无奈只好托人到重庆找了一家叫三木实业的公司并迅速与其签订了合作协议,还把签字日期往前移了半个月。森木看到那张合约后叹息不止,见是日本人开的公司捷足先登便只好作罢。

其实,三木实业不是日本人的公司,这个三木是拆开的"森林"的"森"字。1998 年 1 月,太源井晒醋厂改挂了自贡三木调味品酿造有限公司的牌子。

公司牌子变了,但厂址没变,传统工艺没变,"太源井"商标没变,掌缸师没变,还有一个不变的规矩是坚持晒醋不出口日本。

后来太源井晒醋酿制技艺被评为省级非物质文化遗产,汪九业成了非物质文化遗产传承人。

灵狐

云 风

云雾山,云海茫茫,雾气缭绕。

张生身背药篓,游走在崎岖的山路上,他要采些草药,为久病卧床的老母解除病痛。

山里空荡荡的,偶尔几声鸟兽叫,不见人影一个。因为此时雾气太重,不常进山的人很容易迷失方向,就算老手也不愿选择此时轻易上山。

张生倒不怕,多年来他屡屡在此采药,轻车熟路,心里自然多了些胆量。不过今日雾气着实太重,五步以外,全是白茫茫一片,根本分不清东西南北。凭着经验,张生在丛林间搜索,不觉已走出数里。

忽然,一道白光从眼前划过,张生吃了一惊。不一会儿,有声音从远处传过来,侧耳仔细一听,是女子尖细的呼救声,张生加快脚步,顺着声音一路狂奔。果然,一名白衣女子倒伏在山路中央。

张生俯下身,仔细一看,一个兽夹正夹在女子的小腿上,夹齿扎破了皮肤,血染红了她的白裤。张生赶忙放下药篓,双手抓住兽夹两端,一用力,将兽夹掰开。女子本能地一缩脚,将小腿抽出来,几滴血染红了水绿的草地。张生回身在药篓里快速翻腾几下,拿出几棵草药,放在嘴里嚼烂了,敷在女子的小腿上。女子顿时感到火辣辣的一阵清凉,疼痛紧跟着消失了。

女子擦了擦额头的汗水，连声道谢。张生这才仔细看了看女子。这一看不要紧，顿时呆住了——这女子瓜子脸、柳叶眉、杏核眼、樱桃小嘴，加上一头披肩青丝，简直是天女下凡。女子一看张生这般模样，扑哧一声笑了，赶忙用手遮羞，将脸扭在一旁。张生自知失态，涨红了脸，不知如何是好。

女子问："公子，为何这般天气出来采药？"

张生答："家母久病卧床，一日不得草药，病痛就忍受不住。"

女子说："公子好生孝顺！正巧我这里有一剂良方可解除老母病痛，拿去吧，算作报答相救之恩。"

说完，取出一张药方递给张生，然后摘下头上玉钗，扎破中指，滴几滴鲜血在一片漏斗形的叶片里。并嘱咐说，药煎好后，将血液滴入，和药一起服下，就会大病痊愈。

张生将信将疑。

女子说："快回家，给老母服下吧。如需帮助，到前面大树下找我，绕树左三圈儿右三圈儿，我自会出现。"

说完，伴随着一道白光，女子不见了。

张生回家，照女子嘱咐，老母果然大病痊愈，行动自如了。

此消息传到财主刘老旺的耳朵里，因为刘老旺的老母也瘫痪多年，多方求药，终没有治愈，遂上门打探。张生天性诚实，一五一十将山中偶遇一一道出。

刘老旺大喜，反问道："你可知那女子是谁吗？"

张生摇头。

刘老旺说："传说咱们云雾上有只九尾灵狐，修炼千年，隐居山中，神龙见尾不见首的，很少有人见过；还听说喝了它的血包治百病，吃了它的肉可以长生不老，你见的这女子肯定是灵狐所变。"

张生愕然。

刘老旺继续说："劳烦兄弟带个路，一来为老母治病，二来我自己也可以

长生不老啊!"说完露出了狰狞的奸笑。

张生闻听吃了一惊,后悔说了这些,如果灵狐被找到,定会凶多吉少了。

于是,张生硬了语气说:"灵狐救了我娘,我是不会让你伤害它的。"

刘老旺大笑说:"你老娘很重要吧!我暂时替你孝敬着,别忘了,你还欠了我不少地租,要么还租,要么帮我找到灵狐。"

说完,一挥手,叫下人把张生娘推搡着要走。

张生知道刘老旺心狠手辣,什么事都干得出来,自己娘被他带走,肯定会遭大罪的,无论如何不能叫他带走。

张生思索片刻,横在刘老旺跟前说:"好,我答应你,你放了我娘,我带你去……"

云雾山仍旧云雾缭绕,雾气茫茫。张生带领一伙儿人一直来到那棵大树下,左三圈儿右三圈儿,突然一股青烟拔地而起,女子出现了。

张生上前大喊:"快跑,有人要抓你。"

女子环顾四周,面带微笑,没有一丝惊慌神色。

刘老旺喜出望外,大喊:"操家伙,围住它,别让它跑了,抓住了通通有赏。"

张生张开双臂想挡住众人,可没几下,就被众人连扯带拽地扔到了一边。张生定神再看时,女子已然化作一道白光,悠然飞起,快速穿行在众人中。

不一会儿,众人被一团团烟雾包围,过了一会儿,一个个相继倒地了。

张生大惊失色时,女子已站在他的身边。张生慌忙躲避,颤抖着说:"他们……都……死了?"

女子笑笑,然后平静地说:"没有,他们只是睡着了,他们恶念太重,我只是祛除他们的恶念而已。以后,你就可以平平安安地生活了。"

张生顿悟,拜谢,抬头时,女子已不见踪影。

几年后,张生娶妻胡氏。胡氏瓜子脸、柳叶眉、杏核眼、樱桃小嘴,加上一头披肩青丝,简直是天女下凡。而云雾山的灵狐,再没出现过。

王大巴掌

云　风

　　在中俄边境的一个小山沟里，住着一位姓王的大爷。此人身材魁梧，满面虬须，手掌长得又长又厚，比常人的大出许多，人们都叫他王大巴掌。王大巴掌的手掌不但又长又厚，而且手掌中间只有一道横纹。

　　看手相的先生说："有此手纹的人，豪爽磊落，性格独特，有不达目的不罢休的韧劲儿，一般人千万不要招惹他，不然，他会和你没完没了。"

　　沟里的人全听了看手相的话，一直没有人敢招惹王大巴掌，反倒是王大巴掌豪爽磊落，时不时地把一些打来的猎物分给左邻右舍，人们感谢还来不及呢！招惹他，那简直就是恩将仇报，不得好死！

人们都知道王大巴掌的独特手纹，没人敢去招惹他，可畜生不知道啊！一天深夜，两只白狼悄悄潜入了王大巴掌的羊圈里，偷偷叼走了两只大肥羊。王大巴掌这个气啊，自己辛辛苦苦养的羊就这么便宜了两只白眼狼！他心有不甘，竟然住进了羊圈里，专等着狼再来偷羊。

果然不出三天，两只狼又来偷羊了。狼悄悄弄开了羊圈的门，张开嘴就要叼羊。就在这时候，王大巴掌出现了，只见他挥起左手掌，照着狼脑袋狠狠就是一巴掌，只听"啪"一声，狼还没弄清是怎么回事，一下就被打趴在地上。还没等狼反应过来，王大巴掌又挥起了右手掌，用了比刚才更大的劲儿，再次朝狼头狠狠打去。"砰"的一声响，狼真是招架不住，扑通一声，倒在一边，不动了。

另一只狼看到同伴儿倒下了，怒号一声，后腿儿一蹬，腾空向王大巴掌猛扑过来。王大巴掌一闪身，就在狼扑到身前还没站稳的瞬间，王大巴掌就势快速打出了一掌，这一掌不偏不斜，正打在狼的脖子上。只听"咔嚓"一声，狼的脖子被打断了。狼哀号一声，趴在地上，起不来了。

第二天，人们都知道王大巴掌徒手打死了两条狼，那名声，传得更远了！

忽然有一天，山沟里来了一名身背长刀的京城刀客，径直闯进了王大巴掌的小院里，惊起了一阵鸡鸣狗叫。王大巴掌出门一看，愣住了，此人他认识，是京城的名捕快刘四。

刘四贼溜溜的小眼，朝王大巴掌上下打量了一回，怒声喊道："贼人王铁砂，杀死丞相之子，罪大恶极，我特奉命缉凶归案，你快快受死吧！"

不容分说，刘四已摘下背后的圆环大砍刀，带着风声，直面向王大巴掌猛砍下来。王大巴掌闪身躲过，一伸手，抓住了刀背上的圆环。刘四想把刀撤回来，拽了几下硬是没拽动。王大巴掌一扬手松开，刘四噔噔噔后退了好几步。

王大巴掌拱手道："刘兄，那丞相之子，烧杀抢夺，无恶不作，我为民除

害,他是死有余辜。如今我逃难至此,已背井离乡,何必苦苦相逼呢?"

刘四不甘示弱,怒声道:"为民除害?说得好听,可是也轮不到你呀!对不起,我只是奉命行事,快快纳命来吧。"

说完,刘四抢起砍刀,再次向王大巴掌砍来。

王大巴掌怒了,一侧身,左手快速抓住刀背,右手运足力气向刀面快速打去,只听"咔嚓"一声,大砍刀硬生生被打成了两截,"当啷"一声掉在了地上。

刘四这回可真傻了眼,他万万没想到,王大巴掌这么厉害,连精钢的砍刀都能打断。还缉什么凶啊!三十六计走为上吧,刘四仓皇逃走了。

这年,中俄边境很不太平,俄国的黄毛骑兵经常越境骚扰沟民。有一个沟,沟民三四十口,竟然一夜间被黄毛兵全部杀害了。闻听此事,各沟的领头人联合开了一个会,精选了各沟的精壮汉子,成立了一个沟民保卫团。王大巴掌因为徒手打死了两只狼,武功高强,被选举为民团团长,传授沟民武功,带领沟民保家卫国!

王大巴掌带领沟民与黄毛兵的战斗,取得了不少的胜利,不仅鼓舞了沟民的士气,还大大削弱了俄国兵的嚣张气焰。可是,沟民大多以打猎为生,枪支老旧,装备简单,在一次与俄军大规模越境的战斗中,民团终因寡不敌众,全团覆没了。那场战斗,王大巴掌全凭一双肉掌打死俄军数十人。

后来,人们才知道,王大巴掌是京城有名的铁砂掌第十八代传人,人称王铁砂,因为惩恶扬善,杀死了恶人,才躲进山沟里。王大巴掌虽然死了,可他亲传的弟子,在山沟里已不计其数。

求画

郑武文

闲暇之时，县令喜欢执一柄轻罗小扇，着布衣软鞋在潍河边漫步。

因公务颇多，等忙完大都已是黄昏，家家炊烟袅袅，处处倦鸟归林。

一日，县令想到独在北方为官，妻儿却远在江南，便吟出几句诗："相思不尽又相思，潍水春光处处迟。隔岸桃花三十里，鸳鸯庙接柳郎祠。"

不禁多走出了几里，肚子开始不争气，兀自咕噜噜地乱叫。此时恰好一股诱人的鱼香传来，县令的脚就不听自己使唤了。

泥坯小房没有院墙，一位清秀的老者正在院子里煮鱼。看到县令进来，老者呵呵一笑，并不多言，如同是邻居串门，只是拿了一个小凳请县令坐下。老者三缕长须，面皮白净，并不像农人，倒似读书之人。相比之下，倒是县令面皮黑瘦，几缕乱糟糟的胡子，让他更像风雨中谋生的样子。

二人坐下，略微寒暄几句，老者并不问县令从何而来，只是拿出粗瓷大碗，从锅里舀上一碗鱼肉，再倒上半碗自酿的老酒。似心有灵犀，两人一碰酒碗，哈哈大笑。

夜色渐深，蟋蟀、青蛙不停鸣奏，却是月朗星稀，正是阴历的十五，县令得知老者是读书之人，姓王，是一名落魄秀才，卖点字画为生，兼到面前的潍河里打些鱼虾，自己食用。日子虽清苦，却清闲自在。

县令怕老者惶恐，并不透露自己的身份，只道是江南之人来此做点儿生意，以求温饱。看看天色愈晚，县令方才起身告辞。

隔几日再来，县令自备了一些酒肉，把酒言欢，谈古论今，讲一些当地趣事。二人颇有相见恨晚之感。

县令有次来访，发现王秀才正在作画。县令在旁边观望，微微摇头，却不说话。过几天再去，问老者："王兄的画卖得可好？"

王秀才苦笑一声，指指身后的画轴："生意颇苦，难抵米炊。"

县令说："不怕得罪老兄。老兄的画，匠气颇重而力道不足，还须改进。"

随即拿起案上的笔，轻轻一描，顿显虬枝劲骨，力道遂出。

王秀才不禁惊呼一声："先生神笔也，可否收小生为徒？"

县令扶起跪拜的王秀才，呵呵一笑："收徒不必了，咱互相切磋，我倒可勉强指点一二。"

于是教了王秀才几处地方，告知要循序渐进，就告辞了。

过了几日又来，看王秀才所画并没长进，不禁叹了一口气说："看来王兄作画，还需要时间。在下不才，卖弄一下，给你画一幅图画，你只需每日临摹，过一段时间再说。"

王秀才很高兴，拿来一张大宣纸，说："老叟眼有点儿花了，还请先生画大一点儿，看得清楚。"

县令也不推辞，心说人到这般年纪尚且如此好学，实属不易，于是尽力画好。

画的是一幅《墨竹图》：竹在月光下被清风刮得折向一边，却有一股宁折不弯之势。画完题词："一肩明月，两袖清风。"

王秀才在旁边看呆了，待到最后，扑通一声跪到地上："大人请盖印章！"

县令哈哈大笑："缘何知道是我？"

王秀才说："当今天下，能有此气魄、画工之人，除了潍县县令郑板桥再无他人。"

县令哈哈大笑："既然知道是我,也不枉我们相交一场,就依了老兄。"随即拿出印章盖上。

过了几日,郑板桥正在县衙处理公文,下人来报:"钱府管家送来请帖,请大人到钱府赴宴。并特别交代,有宝贝要让大人看。"

这钱家钱德贵是潍县的大户,仗着家里有人在京城做官,一向不把地方官看在眼里。好在对郑板桥倒还客气,目的是求郑大人一幅字画,已经多次派人或者亲自来求。郑大人生性刚直不阿,最看不惯这些欺上瞒下、阿谀奉承之徒,因此一味推托。不过大人又生性好奇,听说有宝贝,忍不住就想去看看。

到了钱府,县里士绅豪族都已到齐,就等着郑县令来了开席。大家把县令迎进去,让到上座,钱德贵才说:"钱某近日得了几件宝贝,想请各位给鉴别一下真伪。"

大家随声附和:"钱府哪件不是宝贝?能饱眼福,实则三生有幸……"

钱德贵先拿出几件瓷器,都是上好的唐三彩、宋瓷,让人大声惊呼。然后,钱德贵说:"这些都不是最珍贵的,此有当朝名家一幅《墨竹图》,堪称力作,应为难得宝贝。只是在下尚不敢确定真伪。"随即展开。

郑板桥一看,脑袋一下子就大了,正是自己几日前给王秀才画的《墨竹图》。早有几个人围过去,大声赞叹。

钱德贵更是得意忘形,来到郑板桥面前:"郑大人,老夫所得字画,是您的画,还请鉴别一下真伪啊?"

郑板桥哈哈大笑:"拿来我看。"

几个人小心翼翼捧过来,郑板桥拿在手里端详了一下,随即迅速扯为碎片,扔进旁边的鱼池里,怒道:"赝品!纯为辱我清名!"

旁边的人来不及反应,刹那间目瞪口呆。好久,才有人说:"可我们鉴定,确是大人真迹啊。"

郑板桥脸一绷:"荒唐!我自己的作品,难道真伪还要别人来说吗?各位请继续,老夫这就去查一下此事,辱我清名事小,欺骗钱老爷罪不可恕!"

随即回头,扬长而去。

山水之间

郑武文

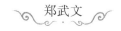

1069 年农历的四月，正是小麦开花抽穗的季节。这一年的雨季却提前来临了。大雨已经下了五天五夜，麦地里清水像小溪一样流淌。河满水溢，在麦秆之间的空隙里，竟然还有几只小虾在悠然地戏耍着。

天气依然清冷，州衙里寒气阵阵。六十多岁的老知州，眼望着无边的雨帘，不停地咳嗽。曾经的青春年少，风度翩翩早已不在，糖尿病、哮喘把老人折磨得形容枯槁。而且他的眼疾更重了，早已看不见那些"环滁皆山也"，只能看到眼前很小的一块，而且像下过一场大雾。他曾经多次上书皇帝，希望自己能告老还乡，安度晚年。可是皇帝不允许，又把他从京城派到了这北方的古城。

那是个大师辈出的年代：声名如日中天的王安石、苏轼，都是知州曾经最好的朋友，他们曾经一起饮酒听歌，梦想着仗剑走天涯。可是现在天各一方，最重要的，因为政见不同，彼此心中的隔膜已经无法修复。王安石还在京城推行着他的改革，青苗法已经越来越让普通的百姓承受不起。麦子快要绝产了，根据青苗法，可以先从官府借来粮食，秋粮产下以后，用二分的利息偿还，可是秋后呢？冬天呢？农民只有越借越穷，永不能翻身。

天色渐渐地黑了，雨帘已经看不见，只听到雨珠打到树叶上的"啪嗒"

声。丫鬟小翠又来催吃饭。在饭桌上，夫人说："百姓又上折子，恳请老爷主持祈晴大会。"

知州长叹一声："天要下雨，我们祈求，老天就会开眼吗？"

夫人给知州倒上一杯酒，知州却把酒杯挪到了旁边。夫人长叹一声："老爷，您就喝一口吧。"

可是知州不喝了，从两年前那次醉酒参加老皇帝的葬礼，内里却误穿了紫袍被弹劾，就再也没沾过酒。而且如果没有那次过失，自己也不会来到这古城。夫人看着他满头的白发，忍不住轻轻擦了几滴泪。

老爷的书房里亮了一夜的灯。第二天一早，老爷就出门了，穿了一件襄衣，甚至没叫一个随从。城西南广场里，早已经汇聚了一大群人，他们站在雨地里，乞求上天云开日出。两个穿着艳丽的神婆，扭动着肥硕的腰肢，在前面的空地上载歌载舞，样子滑稽可笑。

知州拿出早已写好的《青州求晴祭文》，冒着雨，在那里朗声诵读。现场变得一片安静，大家都把目光集中在面前的人身上，看雨水顺着他的襄衣一滴滴落到地上……

那是一个老人，一个衰老得似在风雨中摇曳的树叶一样的老人，尽管他只有六十三岁。可是他的声音雄浑、有力，直传进九霄以外的云层里……于是，那云淡了，慢慢移开，阳光像利剑一样穿透薄云，射下来。

跪着的人们欢呼起来，他们要举起这个老人庆祝，却发现那老人是如此赢弱，轻飘飘的，还真怕摔坏了他的身子。

知州也笑起来，露出了久违的笑脸。两个肥硕的神婆，此时却拿眼睛瞟着这个突然出现的老人。她们是收了大家的礼品的，如果求晴成功，能够获得大家凑起来的粮食和钱物，可现在天晴了，却被这个老头搅了局，这算是谁的功劳啊？于是忍不住大声追问知州："你是谁啊？"

知州哈哈大笑，他的心情因为天晴而变得无比舒畅，忍不住想要跟这两个神婆开个玩笑，就说："我是谁？修已知道你，你却不知羞(修)。"

众人才恍然大悟,齐声呼喊:"是知州醉翁老爷啊!"

老人看着远处如黛的群山,忍不住哈哈大笑:"醉翁之意不在酒,在乎山水之间也!"

原来站在面前的,正是大名鼎鼎的知州欧阳修大人!大家重又跪倒,给欧阳大人见礼。

欧阳修穿着依旧往下滴水的蓑衣,歪歪斜斜地往清如僧舍的知州衙门而去。雨后的天空,一条长长的彩虹横挂当中,把青州古城衬托得如诗如画。天晴了,老百姓的麦子保住了,又将是丰衣足食的一年。

赌泪

田玉莲

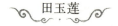

民国初年,沂州一带发生了一起命案:有人夜半翻墙入院,奸杀了一名幼女。那案犯一个鹞子翻身刚跃出院外之时,恰巧被卖肉归家的一个屠夫发现。狡猾的案犯与屠夫熟识,怕被告官,反把奸杀幼女之事诬陷为屠夫所为。案犯家中日子过得丰盈,有点钱亦有几分势,买通了官府,反咬了屠夫一口。

屠夫只和一位年满十八岁的女儿相依为命,老爹无辜蒙冤,女子含泪到衙门喊冤叫屈。衙门口朝南开,有理无钱莫进来。她喊天天不应,呼地地不灵。老娘去得早,是爹含辛茹苦把她拉扯大,如今老爹年事已高,还有疾病缠身,不及早救出,恐怕会死于大牢。

她心急如焚,眼睛都哭得像红灯笼,最后,毅然做出一个决定:"谁要救出老爹,就嫁谁为妻。"

信三牛在赌桌上听说了这则救父嫁人的消息。以赌为生,只和影子为伴的三牛,恰巧这些日子运气好,手头有些盈余,就找到姑娘说:"此话当真?"

姑娘问道:"俺虽说是个女儿身,可吐口唾沫砸个坑。只要你救俺爹,俺没得说。"

三牛花上了血本，费了九牛二虎之力买通了关系，总算把老人赎了出来，虽说把老人赎了出来，可老人年事已高，加上气愤，身体又欠佳，连惊带吓，不久就谢绝了人世。

姑娘哭得一塌糊涂。埋葬了父亲，孝衣一脱，嫁入信家。

她嫁过去后，给了三牛千般的柔情、万般的爱意，苦口婆心地规劝他改邪归正，切莫再走赌博之路。并借了点钱帮扶他捡拾起了老父的屠宰营生，实实在在过日子。

可三牛对屠宰营生是三日打鱼两日晒网，一旦有几分钱就入了赌桌。很快，家中就添了丁。本应担当起抚养儿子的责任，可他赌性难改，对赌桌不离不弃。本来就穷得叮当响的家庭更是赌得一贫如洗，吃了上顿断了下顿。

她对他完全失去了信心，见这样下去，她和儿子都会活活被饿死，就把母亲传给她的一对玉镯，给他留下一只，带着儿子悄悄出走了。

她和儿子以乞讨为生。一日，她为了阻挡迎面扑上儿子的恶狗，被咬伤，不久，得了破伤风慢慢就死去了。善良的乡亲们帮未成年的孩子，让她入土为安。然后，有好心人把孩子收养。

大地轮回，一年四季不停地更迭，信三牛始终迷恋他的赌场。某日，赌场上出现了一个年轻赌手。年轻人尽管年纪不大，可赌技跟信三牛不相上下。年轻人总好和信三牛赌。那天，两人赌红了眼，信三牛竟把那只玉镯都押上了，并咬牙切齿地发誓说："要是这回赌输了，我这辈子不再赌！"

结果，他还是输了。输了之后，他人也蔫了。归家之后，他操起一把明晃晃的菜刀，把五个手指头剁了下来。小伙子赌赢了他之后，来到一座坟冢前，用手在坟前掘出一个穴，把两只玉镯埋了进去。待他刚埋完，抬起头来之际，突然发现有一个人，表情木然，眼睛呆滞，恍惚如死后又还了魂，他的发丝枯黄，如狗尾巴草一般在萧瑟的秋风中飘摇着……

他跟跟跄跄走到小伙子身边，咕咚一下双膝跪倒在坟前，腾出一只骨瘦

传奇·每天送你一片菩提叶

如柴的手,挨着小伙子埋葬手镯的地方,挖了一个洞,尔后,从口袋里哆哆嗦嗦地抠出一个布包,一层层展开,口中嘟嘟噜噜,含混不清地念叨着什么。

一旁的小伙子,有一双非常灵敏的耳朵,已经破译出了这汉子好像是在喊着五个数,然后,又在喊着一个人的名字。

汉子把那东西在洞里放好后,把土重新填回去,起身抻了抻他那龙虾样的腰身,双膝一软,又一次扑通一声跪下了。

小伙子发现汉子那双枯竭的眼睛荡出一双泪珠。

小伙子的眼泪一泻千里,也和汉子跪在了一起。待小伙子准备扶起汉子时,没想到那汉子骨碌一下倒在了坟前,那眼睛也已经悄悄闭合了,嘴巴、鼻孔已经断了气息。小伙子失声痛哭,突然间呼喊一声:"爹呀——"

戏

田玉莲

在过年的日子,村子里都要演戏。

元宵夜,戏台上灯烛摇曳,乐器之声不绝于耳。观众皆沉浸在剧情中。戏,演的是茂腔《铡美案》。台上那包拯身着官服,头戴官帽,黑黢黢的脸透着无限威严。

戏正在进行,那喊冤叫屈的"秦香莲"在后台换好戏服正待上场,突然从

台下走上一名女性，披散着头发，衣衫不整，踱到台上，扑通跪在包拯面前："青天大老爷，冤枉啊，请为民女做主！"

饰演包拯的相五爷见此人不是饰演秦香莲的演员，霎时间乱了阵脚，无法应对，未明白怎么回事，真的秦香莲扮演者也上了台。

相五爷见冒出个假李逵，想把她"轰"下去，又没有更合适的台词和办法，只好死马当活马医，硬着头皮把这场戏应付下去。他稳定一下情绪，把官帽一扶，对"秦香莲"说："秦香莲，今天还有一民女喊冤，要有个先来后到，本官定会为你们做主。请你暂退一旁等候，待此案审罢再传于你。"

"秦香莲"哪见过这种场面，直纳闷儿，今晚这是唱的哪一出？只好听命，于一旁静候。

"包大人"端坐公堂上："民女，姓甚名谁，有何冤屈从实道来。"

原来，是村上的饶嬷嬷，她有一个幼女，被无赖邝秃子糟蹋后，跳井自尽。她咽不下这口气，讨饭去县衙喊冤，可因为邝秃子的舅舅在县衙当差，花了些银子，反倒以证据不足栽赃诬陷为由把她轰出了县衙。此事村人尽知，皆对这畜生恨之入骨，相五爷更是恨得牙根痒痒。

此时，相五爷也融入了剧情，找到了把此场戏演下去的感觉和信心，便借题发挥，唤出衙役，抛出签子，命前去捉拿案犯。邝秃子正在台下看戏，很神气，没把这些穷演戏的看在眼里，可那衙役却真的来到他面前，逮住就往台上扯。邝秃子呵斥道："你们是活够了，不知道俺舅在县衙里吗？"

"我们奉了包大人的命，有事跟他说去。"

"说你妈……滚开！"邝秃子盛气凌人。

见他要横，有衙役见硬的不行就讲软话："这不是在演戏吗？配合一下呗！"

邝秃子一听这话，反倒乐了："哼，想也不敢把老子咋样，我也正想过一回戏瘾呢！"昂首挺胸立在台上。正欲痛骂那"包拯"，但见"包拯"很威严，目光咄咄逼人，像两把宝剑闪着寒光。加上衙役又手执刑杖立于两侧，台下

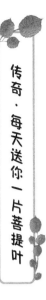

皆是齐刷刷愤恨的目光，不由怯从心生，误为真的入了县衙大堂，竟双手作揖、双膝一软，不由自主地跪在"包拯"面前。

"邝秃子，你可知罪？""包拯"厉声喝问。

"我何罪之有？"他心虚嘴硬。

"你做下了罪孽还敢狡辩，还不快快从实招来？"

恰此时，衙役那威武之声也响彻台前幕后。饶嬷嬷见邝秃子受审于包大人面前，踉跄上前厮打起来："你这个无恶不作的秃子，糟蹋俺闺女，仗着你舅舅的荫凉……"一句话未上来，气昏过去。

见万民痛恨，邝秃子周身打战，额上沁出了汗水："包大人饶命，小人知罪。"

"知罪就好。""包拯"说着，把早已写好的一纸文书往他面前一触，"签字画押！"衙役硬拽着他的手画了押。

须臾，"包大人"又发话："当差的们，可听好了，给我重打四十大板。打出乱子来，有我包青天顶着。"话音刚落，手头痒痒、恨不得真的把他拍成肉饼的衙役，手起杖落，真的打起来……邝秃子被打得喊爹叫娘，皮开肉绽。

他舅舅晓得此事后，气得发疯："这帮戏子好大胆，敢打我的外甥，这不是太岁头上动土吗？"

他罗列了许多罪状，把相五爷打入了大牢，欲将相五爷折磨死。可没过几天，府衙就来了人，调查邝秃子强奸民女一案。原来，相五爷手下的那些戏子见在县里申冤无望，就去府衙将邝秃子和他的舅舅告了。因为有邝秃子画押的文书，又有众多乡亲证言，证据确凿，事实清楚。府衙的人很快就将邝秃子和他的舅舅收押，判了重刑，并将相五爷放了出来。

对于此事，百姓们皆拍手称快，说假包拯替民审了真冤案。

开山鼻祖

金 波

　　豫东南的民间花鼓戏闻名于大别山三省之边。它的开山鼻祖，是一对夫妻，女的叫陈秀娘，男的叫王根哥。民国初年，豫东小曲剧开始在民间流行，其中一支落脚在豫东南的光山。在这里，戏班子也渐渐改变了清一色的"侉腔"，开始招收一些嗓子好、模样俊的本地男人进来培养，以便在这一带开拓市场，其中就有王根哥。戏班子里的妇女也不少，基本都是男演员的家属，她们的工作就是给戏班子洗衣服、做饭、干剧务。不过，也招了一个本地姑娘进戏班子做饭，她就是陈秀娘。

　　陈秀娘十一岁时成了孤儿，被送到戏班子打下手，管吃管住。她模样好、嗓音亮，每天听演员们练嗓子，就偷偷学，时间久了，甚至成段、成篇的台词，也能唱下来。演员们见她聪明伶俐，高兴时还教她走几脚戏步，她也一学就会。要是戏里缺少一个丫鬟、书童什么的，也请她上台充数或救场，居然瞒过了观众。

　　有一年，光山最大的民团团总易本应，给七十岁的老父亲庆生，打算请戏班子唱三天大戏。戏台子就搭在易本应的兵寨。易本应喜欢看"荤戏"，第一台戏，他点的就是《梁祝》。梁山伯由"小生"王根哥扮演，祝英台由一个唱花旦的男演员扮演。那个男演员涂脂抹粉、穿红戴绿，捏着嗓子做出一副

娘娘腔。但嗓子再怎么捏，也捏不出完整女人样儿，刚唱了句"梁大哥……"坐在"老寿星"身边的易本应就喊开了："停！停下来！"大家不明白发生了什么事，包括吹拉弹唱的全停了下来。"我说，唱'梁大哥'的那位，是男的还是女的呀？"

班主慌忙跑过来，哈着腰回答道："易团总，唱'梁大哥'的那位是男的，演的是女扮男装的祝英台。"

"不行，换人重演！"易本应生气了，"我花钱请你们唱戏，你弄个假娘们儿唱祝英台，是么子道理？糊弄我老易的钱是不是？还想不想在我的地盘上混了？"

"易团总，唱戏的都是男的，女的不让登台唱戏，那样有失妇道。这个您老是知道的。"

"我不管你什么妇道不妇道，演女的，就得女的来唱。不让女的唱，我就一枪崩了你，信不信？"

班主吓出一头汗，急忙跑回后台，同演员们商量。演员们都被难住了：戏班子哪有女演员呀！有人朝陈秀娘瞥了一眼，接着又摇了摇头。班主捕捉了这个信息，眼前一亮，赶紧跪在秀娘面前，道："秀娘啊，救场如救火，救场如救命啊。戏班子的命就攥在你的手掌心了。"

上面那些戏目，陈秀娘其实都会唱，只是从来没有正式演过。这时，已经十七岁的陈秀娘，也知道自己上台演戏意味着什么，但还是咬了咬牙，说："豁出去了，上吧。"

王根哥说："你是一个女孩子，传出去，人家怎么看你？你还嫁人不？易本应伤天害理，我们不能这样做。"

秀娘眼含热泪，说："根哥，我都没什么，你还怕什么？演吧，事到如今，不演也得演了。"

这时，易本应的吼叫声也传来了："我说，你们到底是演还是不演呀？不演，枪毙算了！"

"演吧,你们悠着点就是。只此一次,下不为例。"班主催道。

陈秀娘登台演祝英台,动作居然十分娴熟,尤其唱腔清亮圆润,女人味十足,高兴时清脆洪亮,悲伤时哀哀切切,生气时气短音沉,一招一式把握得十分到位。听惯了男声的观众耳目一新,台下响起惊天的喝彩声。

这雷鸣般的喝彩声,惊醒了太师椅上的易老太爷。他挤挤眼睛,正看到台上梁山伯跟祝英台手牵手的戏,不由大惊失色,本能地叫起来:"停! 停下来!"

易本应见老爷子发话了,也赶紧叫一声:"停!"

戏台上顿时安静了下来。

易老太爷喊道:"我说,那台上唱戏的,是男人还是女人?"

易本应接口说:"大,一个男人,一个女人。"

"是两口子不?"

"演的是两口子,但演员不是。男的有媳妇,女的还是一个大姑娘呢。"

"么子?"易老太爷跳了起来,"一个没嫁人的大姑娘,敢在戏台上公开跟有妇之夫拉手,做那见不得人的勾当? 去,快去叫她家大人过来!"

"听说她从小就没大没娘,在戏班子里长大的。"

"哦,难怪没有家教,做出这等伤风败俗的丑事呢。我说,别让她再丢人现眼了,赶紧找一个有钱人家,嫁出去做小算了,她反正没资格当正房。"

易本应笑嘻嘻地说:"咱家不就是有钱人家吗?"

"嗯。"易老太爷摸摸脑袋,咧嘴笑了,"传我的话说,把那个丢人现眼的女子给我关起来,明天坐木驴游街! 其他人全部给我赶出去。要是不走,就送到县衙门口去,统统判个充军发配算了。"

陈秀娘被关在一间小房子内,不久就有老婆子进来传话,说易老太爷看上她了,从今天晚上开始就要伺候老太爷。秀娘料到会有这一步,早就做好了一死了之的准备。当天晚上,她乘人不备,抽出裤腰带子,准备吊死在房梁上。正在这时,王根哥穿一身团丁的衣服混进了兵寨,骗过了家丁,又从后窗跳进了小屋内,控制了看守的丫鬟,救出了秀娘;接着,两人化装成团丁和丫鬟,在众人的眼皮底下溜了出去。

为了躲避易本应的追捕,他们在深山老林东躲西藏,一直逃到邻近新集的虎湾才停下来。两人躲在山洞里,以夫妻身份同居,吃野果、饮山泉。风声过后,他们才正式露面,准备重操旧业。从虎湾到南冲,这一带是著名的民歌之乡,山歌小调由来已久,世代传唱。他们一合计,觉得以当地民歌做基调,融入戏曲里,再编新戏、新台词,一定大受欢迎。于是,"两口子"招兵买马,几经努力,被称为"花鼓戏"的小剧种,从小到大、从单人剧到双人剧,再到多人剧,就慢慢发展壮大开来。

这是后话。

熊家大院

金 波

　　沙窝太平驿遗址,在新集县之东,北接光山,南达麻城,为南北交汇之地。南货北运,北货南送,沙窝便渐渐成了繁华的集贸市场,催生了商贾贩卖。沙窝集镇的第一批富商中,当数本地人熊太奇位列第一。熊太奇自祖父开始,就在镇上批发"神香"。财富日积月累,到了父亲当家主事时,熊家已发展为名门望族。在街面中心,有正房两排,各十余间,两排之间是宽敞内院,两边为厢房,皆为青砖和石条砌成。在光山南部一带,一提熊家,没有人不知道的。

　　然而,光南一带内奇峰突兀,山壑相连,也是土匪的安乐窝。到熊太奇成为一家之主时,盘踞在虎头关山寨上的土匪已达数百人之众,专门打劫大户人家,成为众商家的心腹之患。有一次,土匪绑架了熊大奇的两个年幼儿子——熊文、熊武,索要巨额赎金。此时,熊太奇已是家财散尽、外强中干。被逼无奈,熊太奇只好变卖自己的家产和祖居房屋,把熊文、熊武赎回来。熊家顷刻间一落千丈,从首富变成了一文不名的首穷,一家人住在三间茅草屋内度日。

　　有人劝他:"这都是命,认了吧。"

　　但熊太奇不甘祖业败在自己手中。他要苦寻对策。他的两个儿子,熊文被寄养在光山亲戚家读书,熊武则送到中岳少林寺拜师学艺。安顿了两个儿子,他继续做神香生意,并一改往日的张扬作风,生活上粗茶淡饭,行事低调,处处藏山匿水。不过,他每天赚的钱,扣除少量日常开销,多余的暗中交给了本地烧砖做瓦的窑匠。

窑场建在依山傍水的白露河边,烧的是青砖板瓦,也刻制青石条。渐渐地,人们发现,这里依山傍河突然砌起了一围青石墙,长约一里,宽约半里,高二丈,厚六尺,全由青石条码成。接着,青砖板瓦也源源不断送进墙内,包铁大门日夜紧闭。多年后,墙内便耸起数十间青砖瓦舍,呈融字结构,外人根本不知内情。

当这个谜底被揭开时,包铁大门上方已经嵌上了"熊家大院"的门匾。人们这才恍然大悟:"熊太奇东山再起了!"

熊太奇依然是沙窝镇的首富之家。不过,此时离他"败家"之日,已整整过去了二十年。当年年富力强的熊太奇,已变成了满头银发的半百老人。

熊家大院门前的大路直达老街,熊家大院俨然成了新兴商贸中心。熊

家从此不再小打小闹,而是大量囤积土特产品,存放在大院的库房内;做的也是大宗生意,与商户先在街道门脸里洽谈,谈好了就直接去大院内交接货物。

熊太奇恢复了当年的雄风,却依然保持着居安思危的清醒。他很清楚,一旦自己露了富,就等于站到了前台,又成了被人惦记的目标。而虎头关的土匪,危害并不减当年。所以,他不敢有丝毫懈怠。虽然有熊家大院可以御匪,但土匪最拿手的是绑票,让人防不胜防。他的大儿子熊文,早已学富五车,按他的学问,中个举人或进士不成问题,但一旦成为朝廷命官,调任何方尚不得知。熊文便放弃大考,通过打点被光山县令聘为师爷,是县令身边的红人,这等于同样有了官方背景。二儿子熊武,也学了一身武功,刚刚离开少林寺。熊太奇并不急于让熊武训练团丁,看家护院。他有更深的考虑:防患于未然的最好办法,就是根除隐患。

一天,熊太奇填好十万银票,带着熊武进了虎头关,声言要见大当家的。大当家的躺在虎皮石椅上,斜着眼睛问:"我正想找你弄点银子花,你倒找上门来了。"

熊太奇微微一笑,递上巨额银票,道:"银子我早已替你们准备好了。"

大当家见了银票,撇撇嘴道:"你们想干什么?"

"让我家熊武入伙。这十万银票就是见面礼!"

大当家的一愣,不解地说:"你是大户人家,家财万贯,为什么要让儿子当土匪?"

熊太奇如实说道:"我让儿子入伙,是想和你们建立良好关系,以免我家再受骚扰。"

大当家的一听,哈哈大笑道:"果然是生意人出身,会算计。"

"事成之后,我年年奉送你们一万两银子,作为好处费。从此,我们就是一家人了!"

大当家的叫来熊武,问他可愿入伙。熊武点点头,并打了一趟少林拳,舞了一路少林棍，让众匪吃惊不小。大当家的当即离开座位，抱拳施礼，道："好功夫！如果熊公子愿意入伙，我求之不得。我也不亏待你们，从今天起熊公子就是三当家的了。"

熊武成为三当家的之后，整日教练土匪习武，暗中培植亲信，地位日益巩固。两年后，大当家的、二当家的下山聚赌，被人中途杀死（传为熊武派人所为），熊武名正言顺地成了虎头关的当家人。

与此同时，在师爷熊文的鼓动下，光山县令向上呈文，建议在沙窝繁华商地设置驿馆，作为光、麻之旅的中继站；再设兵部，以保障商贸安全，并承诺用银由当地商户负责筹集。呈文很快批复。熊太奇是这次设驿的幕后操纵者，当即赎回二十多年前被迫转卖的熊家老宅，作为驿馆免费交公使用；又收编虎头关土匪为官兵，加以精编，作为沙窝一带的防卫力量，驻扎在熊家大院内，头目自然是熊武。

沙窝商镇自此迎来了一百多年的安定和繁荣。当年的熊家大院，而今遗迹尚存，只是熊太奇死后，熊家再无从商者，不知何故。

书公子

金　波

　　王拓的祖先王相曾任明朝御史，因公正执法而遭陷害，郁郁而死。王拓继承了前人的读书传统，也遗传了宁折不弯的一根筋牛脾气，虽读书万卷，满腹经纶，却不应试，甘愿隐身山野，耕读为生。

　　王拓虽酷爱读书，却不爱四书五经这样的正统"课本"，只偏爱杂书、异书，如《神仙记》《江淮异人录》《括异志》等。王拓固执地认为，越是流传民间的异书、怪书，越有现实意义；只有把"正统"书籍和偏怪书籍结合起来读，才能充分认知世界的真相。他常常沉浸在书中，又把书中的情形映射到现实中，边读边思，就觉得心明眼亮、世事洞明，出口常有惊人之语。

　　由于王拓苦读不已，人们尊称他为"书公子"。有文人学士羡其大名，专程去同他"交流"了一番。王拓不仅知识渊博、胸藏万卷，还思维敏捷、谈吐睿智，颇有高人雅士的风范，折服了不少人。

　　也有人讥笑他："你读了这么多书，却无用武之地，这书不是白读了吗？"

　　王拓答道："所谓有用无用，无非是以功名利禄做参照。其实，读书的乐趣，就在'读'中，读为益智、读为陶情、读为明理、读为修身。舍此，读书才真正无用。"

　　为了证明"读书人不当官也有用"，王拓专程拜访了新集知县俞孝先。

俞孝先也曾慕名与王拓有过交往,算是文友。

见面时,王拓直言道:"俞大人可有让我发一笔大财的买卖?"

俞孝先一听哑然失笑,道:"本县还真有一桩案子未了结,你要是帮了大忙,会有二百两银子的赏钱。"

原来,不久前押往光州知府的一万两库银,途中被窃,只抓住了一个江洋大盗,名叫陶其,起获了部分赃银,但大部分赃银不知下落。明人皆知,陶其定有同伙做内应。俞知县严审陶其,打断了其一条腿,仍未审出同伙。

王拓听完了案情,想了想,道:"不妨如此这般。"

第二天,王拓亲自给陶其送去好酒好菜,笑道:"陶壮士,请用餐。"

陶其闻了闻香喷喷的饭菜,道:"这是何意?"

王拓道:"陶壮士,我们只是奉命行事,有人保你了!"

陶其不傻,想:能替我打点的,必是有头面的人物,难道是他? 想到这里,陶其感到生存的希望就在眼前了,吃得便香,睡得也熟。

果然,到了月底结案,俞知县当堂宣读了判词:"陶其盗取官银,实属十恶不赦,但念其是从犯,可从轻发落。特判充军两千里。"

陶其听了判词,终于松了口气。宣判完毕,陶其即被押送充军。可是,行到一个僻静山地,一名差官突然高举木棒,朝陶其脑袋砸去。陶其见状,大叫道:"慢! 你我前世无冤、今世无仇,为什么要杀死我?"

这时,王拓出现在他面前,道:"陶壮士,你是不是得罪了什么人?"

"得罪了人? 我是一个盗贼,得罪的人多了去了。"

"不,你得罪的可不是一般人物。这个人物手眼通天,先打点衙门,给你轻判,又买通我们几个弟兄,在路上对你暗下杀手。他出手可不是一般的大方呀。"

"我明白了! 王念祖,你想杀人灭口呀,我在阎王那里也不放过你!"

"陶壮士,不能再耽搁了。请你闭上眼睛,一路走好吧!"

"慢! 请各位差官大人把我带回县衙,我要举报光州知府王念祖,戴罪

立功！"

这个案子就这样破了。

俞知县兴致勃勃地设宴款待王拓。席间，俞孝先问："兄台的连环计策，为什么这么奏效？"

王拓道："有道是，偏方治病，偏才治国。所谓偏，无非是逆向谋利，一切全在一个'巧'字，以巧出招，才有四两拨千斤之力。那陶其乃江洋大盗，是亡命之徒，死早已无所谓了，所以不怕毒打；但盗亦有道，他也不会轻易供出同伙。所以，审、打、招、结等正常程序已不管用，只有出怪招方能破局。"

俞孝先听罢，哈哈大笑："难怪你只读偏书、怪书，其中自有一番偏理呀。兄台可愿意留下来做我的师爷？"

"我乃闲云野鹤，还是回家读我的偏书去吧。以后大人有解不开的难题，想着点在下就是了。"

说罢，王拓携二百两赏银，骑驴而去。

野马

衣 袂

李文斌的姐姐是匹野马。

野马难驾驭。我们老街把吊儿郎当、不务正业的年轻人，统统称作野马。随着星移斗转，野马的品种基本被改良，几近绝种——可以这么说吧，能一直被称作野马的，目前只剩下李文斌的姐姐了。

李文斌的姐姐叫曹乃珍。

李文斌长得瓷白滚圆，活像善财童子；曹乃珍却刀条脸、窄蒜眼、黄寡寡的。姐弟俩同父异母。曹乃珍随母姓。曹乃珍的母亲，据说死得极富戏剧性。

那年正月初二，刚从部队转业的父亲，前头驮着她，后头驮着母亲，全家欢欢喜喜地去姥姥家。路上，父亲边给她讲部队趣闻边蹬着自行车飞奔，下陡坡的时候，谁知母亲没坐稳，不声不响地摔进乱石丛，直到被一辆拖拉机拦住，父女俩方才发现身边少了一个人。那件事，让活泼可爱的曹乃珍深受打击，越长越沉闷，跟后妈处得水火不容。十七岁那年秋，当身高一米六五的她随父亲工作调动来到小镇、双手斜插在松垮垮的旧军装里、一步三晃地荡过老街时，我们谁也不知道平头平胸的她竟然是个女的。

曹乃珍也不知道怎么就混进野马群，跟着他们一起抽廉价烟、喝劣质

酒，还一起吹着口哨调戏美女……正玩得带劲，李文斌突然冒出来，一把抓住她说："姐，俺爸出差回来了，让你赶紧回家——"

野马们愣怔片刻，如遭雷劈，"哗"的一声，四散而逃。那天晚上乃至以后的许多晚上，政府家属院李干事家就弥漫着拍桌子掼板凳、喝骂打闹，以及压抑不住的呜咽声……最后，还是以曹乃珍辍学成为野马而告终。

野马只负责吃喝玩乐、稀里糊涂混日子，不等同于小流氓，扰乱社会治安。可是，像蚊帐棍那般黄瘦的曹乃珍，却跟人拼过两架。

一次是为她的弟弟李文斌。

几个高年级男同学放倒李文斌，好奇地去扒他的裤子，一窝蜂地起哄："都说你姐是阴阳人，估计你也不男不女。"吓得李文斌捂住裤裆号啕不止。得到消息的曹乃珍，二话不说，骑车赶到学校，挥舞着她爸的军用皮带，把那几个浑小子追打得哭爹喊娘。有一个躲进男厕所，结果被她薅住，拎着耳朵满校园地示众，直到跪地求饶方才罢休。

另一次是为了医院妇产科护士白灵。

白灵长得小巧玲珑，一岁半的女儿却两腿长短不一，不能正常行走。有人说曹乃珍是在做"人流"的时候结识的白灵，也有人说是白灵故意勾引曹乃珍当免费保姆……反正两人一见钟情，好得形影不离。从那以后，曹乃珍就很少回家，整天跟着白灵母女厮混。

白灵的丈夫，在外乡上班，原本很少回家，趁机放出风去，说曹乃珍是阴阳人，提出离婚。曹乃珍愤恨不已，摸黑找到他的单位，瞅准时机把他和小情人反锁在屋，泼上汽油放火，几乎闹出人命，因为李干事的出面干涉，才免于判刑。白灵的丈夫不再离婚，也不再回家，夫妻关系名存实亡。李干事为了使曹乃珍远离白灵，就在几十里外的城关给她找了份体面的工作。她呢？竟然给自己买了辆野马摩托，早出晚归，风雨无阻地跟白灵母女生活在一起。

李干事气恼交加，只当没生养过曹乃珍这个女儿，眼不见为净。老街人议论得腻了,也懒得再指指戳戳,任她来去自如。

曹乃珍长到二十六岁,遇到她生命中的男人。于是,认认真真地谈起了恋爱,热热闹闹地结婚,甜甜蜜蜜地当起了儿子的母亲。白灵却在一次车祸中不幸丧生。

曹乃珍亲自接来了白灵的残疾女儿。爱人不同意,说这孩子应该归她父亲抚养。

曹乃珍一手抱着女儿,一手指着自己的鼻子,说:"我,就是她的亲生父亲!"

嗓音沙哑,却掷地有声。

传奇·每天送你一片菩提叶

烧饼刘

刘剑飞

谯城人爱吃烧饼，更爱吃烧饼刘的烧饼。

烧饼刘的烧饼外酥里嫩，无论是油汪汪、薄如纸的油酥小烧饼，还是外撒芝麻、形如满月的五香大烧饼，热腾腾地咬上一口，可谓酥脆可口，唇齿留香。

谯城人知道，烧饼刘的烧饼之所以好吃，一是因为面和得筋道，二是火候拿捏得恰到好处。

谯城打烧饼的，大都是手持长柄铁钳，先将做好的面饼夹起来，贴在内烧炭火的炉壁上，待烤熟了，再用铁钳一一夹出来，码在案上。

而烧饼刘打烧饼却与众不同。别看烧饼刘五短身材，粗粗笨笨，但一双手却生得绵软细嫩、十指修长，尤其是右手的食指、中指，更是出奇的细长。

烧饼刘打烧饼讲究的是气定神闲：和面、醒面、揉面、加料、压饼、撒芝麻……一连串准备工作就绪后，烧饼刘蓦地直起身子，长吁一口气，伸出修长的食指中指，托起一张张面饼，连续探手入炉。但听得"啪啪"数响，一张张面饼便稳稳贴在烧得正热的黄泥炉壁上。等到炭火烧旺，飘出香味时，烧饼刘再次快速探指入炉，一戳、一翻、一夹、一放，一摞黄澄澄、香喷喷的烧饼便叠罗汉般堆在案板上。

按内行人讲，由于烧饼刘是徒手贴饼取饼，烤出的烧饼不仅不老不嫩、火候适中，并且口味醇正，去除了铁钳夹饼的那种铁锈味。

至于烧饼刘为何能徒手入炉，而手丝毫未伤，一直是谯城人难解的谜团。于是，就有人传言，说是烧饼刘会气功，这双指探炉夹饼，全凭一口暗运的真气；也有人说，这是刘家传承百年的绝技，打小就得用手入滚油浸泡，入旺火取物，年深日久，才能练成此技。

要说起来，真正让烧饼刘的神指绝技响遍全城的，还是其以盗制盗、手夹炭火、震退小偷的故事。

谯城西街有一个农贸市场，由于往来人多，鱼龙混杂，前几年一直有小偷在此作案，趁人不备，夹人钱包。

有天中午，烧饼刘做烧饼的面用完了，匆忙塞给媳妇一卷钱，让她去农贸市场买些面来。

结果左等右等，等了足足有一个钟头，才看到媳妇抹着眼泪，空着手回来了。你道为何？原来是钱包被小偷偷了！

没有了面，生意没法做了，只好提前收摊。

回到家，烧饼刘越想越气，决定亲自去农贸市场溜一趟，会会那夹包的

小偷。

第二天一大早,烧饼刘就带上钱包,来到农贸市场。为了吸引小偷的注意,他故意将钱包弄得鼓鼓的,塞进裤子后面的口袋里,并装出很小心的样子,不时用手摸摸裤兜。

刚逛了几个摊位,烧饼刘鼓鼓的裤兜便引起了一个瘦高个儿年轻人的注意,那人装作要买东西,一直紧跟在烧饼刘的身后。

等挤到一处人多的干货摊时,瘦高个儿忽然一个贴身,探手夹走了烧饼刘的钱包。而后一转身子,挤出人群。

烧饼刘故作不知,悄悄尾随在小偷身后,继续朝前走。等走到又一人群拥挤处,趁小偷准备再次作案时,烧饼刘二指疾伸,使出入炉夹饼的绝技,"啪啪"几下,不仅夹回了自己的钱包,并且把小偷身上所偷的其他钱包也都一一夹了出来。

取回钱包,烧饼刘依然不动声色,悄悄跟随小偷身后。待走至市场尽头一处卖烧烤的摊子时,烧饼刘一拍小偷的肩膀,从怀里摸出一个钱包,问:"朋友,这钱包是不是你的?"

小偷一见钱包,大惊失色,再伸手摸摸自己的口袋,所偷的几个钱包全都不翼而飞,便知遇到了高手。于是一矮身子,就想逃走。

烧饼刘猛跨上前,挡住小偷的去路,而后装好钱包,摸出一支烟,叼在嘴上。

突然,烧饼刘二指疾探,飞快地从烧烤摊上夹起一块烧得通红的炭火,抬手点着了香烟。

悠悠吸了一口烟,烧饼刘面色一沉,大声喝道:"年纪轻轻,不走正道,以后再让我看到你在这里偷东西,非把这块炭火放进你裤裆里不可!"言毕,二指一用力,将一块通红的火炭捏得粉碎。

再看一旁的小偷,早吓得面无血色,浑身颤抖。

自此,西街无贼。而烧饼刘的神指绝技,也被传得更加神乎其神了……

血偿

戚富岗

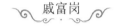

　　那年,端午节刚过,桃花村的街巷里尚飘着大红枣糯米粽子的清香和温热。突然间响起一阵高筒皮靴与黄土地碰撞的声响,一队日本兵如同一群结伴觅食的饿狼,冲进了晋老九家的土坯墙院。低矮的草屋从未见过如此不懂礼貌的客人,主人露出几分愤怒和蔑视。

　　草屋前,为首的日本军官叽咕了一阵,镶着金牙的翻译说道:"几个月前八路的子弹不长眼睛,在宫本太君的腿上穿了个洞。邪了门了,愣是越治越不见好,皇军瞧得起你,特地让你去试试。"

　　"我那两下子也就凑合治个磕着肉蹭破皮的。枪伤,伺候不了。"晋老九连头也没抬一下。

　　"中州镇方圆几十里谁不知道你晋老九啊,再怎么重的伤,到了你这儿,几把草药末子,另加一贴膏药,三个七天下来准保没事。"金牙翻译将食指与中指并拢向前一摆,端着明晃晃刺刀的日本兵呼啦把晋老九围在了中间,并一步步把包围圈缩得越来越小。

　　晋老九脚下的药辗子依旧有节奏地"哐当"响着。

　　"我跟你们走一趟。"老九的小儿子晋小虎放下手里的活,从凳子上站了起来。

金牙翻译贴着日本军官的耳朵嘀咕了一阵,日本军官点着头把刀插回了鞘里。

老晋家的药方毕竟是传了几代的东西了,就是神奇。半个月的光景,宫本的伤势就大有起色。宫本乐得直冲晋小虎伸大拇指,喊"好样的"。

"跪下!"

晋小虎又赶回家取药时,在药房里正撞上了晋老九。晋老九的声音不高,却透着几分硬度。

"爹,你以为我真给宫本疗伤了,没有。待几天看吧,保管他狗娘养的嗷嗷叫唤。他在咱家门口做的伤天害理的事太多了,我要让他血债血偿。"

"你用的啥药,爹心里清楚。可行医人有行医人的道儿,咱老晋家的药从来都是救人,啥时候害过人? 一个郎中的本分是替病人祛除病痛,哪能在暗里做手脚,背后捅刀子把人往坏里坑啊?"

以后再去给宫本换药的人换成了晋老九。

转眼又一个礼拜,晋老九照例在金牙翻译的引领下穿过十几道岗哨来到宫本的住处。他看过伤处后,从药箱内取出配好的药粉敷撒一层,又将一帖膏药在火上烤得温化后贴上去。

"只需再歇息几日即可。"晋老九对金牙翻译道。金牙翻译弯腰转达给宫本。晋老九与宫本的交流在金牙翻译直腰弯腰的动作交替中进行着。

"你是说已经好了?"

"是! 现在便可下床行走,我拿脖子上吃饭的家伙担保。"

宫本在金牙翻译的搀扶下在屋子里走了一圈,兴奋得哇哇直叫唤:"晋老九,大大的良民!"

"我不是什么良民不良民的,是一个普普通通的中国老百姓。"

"你晋老九交了好运了,大日本皇军要与你长期合作。"

"对不住,怕是合作不了,我这个人只会行医治病,素来不善于摇着尾巴吮喝牲口样'哈依哈依'的。依我说他们应该滚回老家去老老实实种地养孩

子，别在这里到处杀人放火胡作非为了。"

晋老九的话让金牙翻译脸红耳热背上冒汗，手心里却发寒透凉。他稍稍愣了一下哈着身子凑向了宫本。

就在晋老九背起药箱转身离去的一刹那，伴着一声狰狞的嘶喊，一把长长的军刀从背后刺入了他的心脏。

屋子里回荡着刺耳的狞笑。

奇怪的是，宫本的腿伤竟在当天晚上突然复发，并在一夜之间一命呜呼了。

宫本因何而死呢？直到今天中州镇的人们仍是说法不一。有的说是晋虎当初下了猛药的缘故；有的说晋老九早料到跟那帮人打交道肯定没什么好儿，故意替儿子赴难的，所以也留了那么一手；也有人分析是因为宫本恶念过重，导致内火攀升，而他的伤表虽愈合但内尚虚脱，根据中医理论血气相连、内外互通，故而脉断血溃遭了报应。当然这些都只是猜测。时间这么久了，谁还说得清呢？

大国手

白文岭

清朝末年，围棋界出现两大泰斗：一人姓施名恩，住上海；一人姓林名海，居京城。两人被誉为"南施北林"。

当时，林海的生活没有着落，在段提督府邸做门客。一日，提督召见他说："有一队日本高手，自上海入境，打败施恩，一路北上，所向披靡。据说，领队的宛田，乃日本'第一棋士'。宛田进京，本帅想令你出阵，一试深浅。为了日本颜面，第一要输，第二要输得体面。达不到这两条，拿你全家是问。"

林海思忖良久，只得应允。

数日后，宛田一行抵达京城。比赛地点设在提督府特别对局室。段提督亲自担任裁判长，施恩负责大盘讲解。

比赛那天，提督府门外人涌如潮，热闹非凡。经猜先，林海执黑先行。

林海的起手，下在了棋盘正中心。棋谚说，金角银边草包肚。棋下中腹的人，多为门外汉。宛田面露讥笑，果断将棋子落在一隅。林海略加思索，旋即镇头。

相传，唐宣宗年间，善棋的日本王子入朝进贡，皇帝曾令棋待诏顾师言与之对弈。师言曾用这招"镇神头"，令王子败得心悦诚服。

　　宛田对"镇"视若未见,继续贪占实地。林海针锋相对,依然高压夺势。很显然,林海一旦尽收腹地,宛田则必败无疑。那时,围棋比赛还不受时间限制。宛田意识到问题严重,便申请暂时封盘。

　　宛田回到住所,与日方高手共商良策。皆说,果然高者在腹。面对林先生,唯有一拼,方可争胜负。

　　宛田再下出的棋,便多了几分霸气,逼得林海频频长思。天色将晚,宛田仍处下风。

　　到第三十天,林海下出一招妙手,白棋像被点了要穴,顿时动弹不得。宛田苦思冥想,不得其解,便称病不出,反复研讨。

　　不觉又是月余。宛田无奈之下,携厚礼密访施恩,许诺说,若能探得虚实,定有重金厚谢。

　　施恩对棋局本也迷茫,正想找林海讨教,便满口应承下来。

　　施恩见到林海,劝说:"据我所知,林兄弟与提督早有协议。现在体面认输,实乃明智之举。"

　　林海默然不决,说:"你我兄弟,嗜棋如命,当知围棋起源中国。虽为游戏,却关乎大清国格,焉能不战而屈?"

　　施恩羞红着脸,问:"此局面下,当如何应对?"

　　林海轻笑,说:"思谋多日,偶得一招,唯鼻顶可解。"

　　次日,宛田假作片刻思索,遂落子鼻顶。林海惊诧,微微摇头,只得另谋制敌良策。又数日激战,林海优势依然。

　　宛田绝望地想,林先生棋艺深不可测,即便认输,虽败犹荣。正举棋难定,适逢大雨,"咔嚓"一声霹雳,将他指间棋子惊落。

　　依照规则,宛田算"投子认输"了。段提督却惊呼:"妙,妙不可言!"

　　宛田仔细一瞧,竟然发现,滑落之子正断在黑棋筋上。有此一断,两边黑棋,必死一块。宛田确认后,一跃而起,冲向门外,站在雨里,又唱又跳。

　　林海对着棋盘,石佛般一动不动,直至封盘。

林海回到住处，饭也不吃，进了棋室。他交代夫人："任谁，也不要打搅我。"

林海棋室的油灯，亮了一夜。拂晓，林海步出棋室，唤来妻子儿女，面色凝重地说："我离家之后，你们速速离京，越远越好。没有我的书信，万不可回。"又嘱托夫人，"凡我子孙，再莫学棋，切记！"

夫人看到，林海于一夜间竟白了大片头发，不禁失声痛哭。

林海走进棋室，神定气爽坐下，轻轻夹起一粒黑子，胸有成竹地落在底线上。这手棋，名曰"小尖"，看似笨拙，却像一把利刃，直指白棋软肋。

施恩初见棋谱，颇感怪异。揣摩良久，方才发现，此棋一石三鸟，解危倒悬，妙不可言。他亢奋地断言，黑方小胜，已成定局。

宛田木然坐着，喉结上下涌动，嘴唇越来越抖，一口鲜红的血，疾射在棋盘上。

段提督急步抢出，对外宣布说："棋赛至今，已满百日，永久封盘！呕心沥血的名局，必将永垂千古！"

林海听着外面的欢呼，试图站起，却四肢无力，浑身酥软，仰面跌倒……

一个破纪录的男子

赵悠燕

这天早上,李贵祥已经坐在河边两个多小时且一无所获,当他准备收拾钓具打道回府时,突然发现浮标动了一下。他耐着性子慢慢地收线,发现拉起来很沉。

"哟,是条大鱼!"

李贵祥知道不能拉太猛,否则线会拉断,还可能脱钩。于是他不停地放线、收线,直到他觉得大鱼被折腾得快没力气时,才开始往河边拉。

大鱼浮出水面时,李贵祥才发现鱼有一米多长,鱼还在鱼钩上慌乱挣扎着,李贵祥怕鱼挣脱鱼钩跑到河里去,心一急,大叫:"快来人哪! 快来人哪!"

其他钓鱼的人赶过来,费了好大劲才帮他把鱼捉住。这条鱼的一对胸鳍像两把大扇子,背部的鳞片有普通扇贝那么大。李贵祥叫了两个人帮着把鱼抬到村子里。冯来伯拿大秤一称,足足有六十八斤半重,他兴奋地说:"奇迹呀,贵祥,咱村有二十多年未钓到这么大的鱼了。前些年,村东头杨全他爷钓到过一条大草鱼,还没你这么大。你这是破了咱村的纪录哩。"

李贵祥惊喜地说:"真的? 真的?"

他叫上看热闹的阿毛:"阿毛,帮我抬上鱼,等下我赏你一块鱼肉吃。"

李贵祥和阿毛抬着大鱼在村里游行,阿毛叫喊着:"快来看快来看,贵祥

钓上大鱼了！贵祥破了村纪录了！"

村里人都围拢来看，啧啧称羡。小孩子摸摸鱼头，摸摸鱼身，摸摸鱼尾，含着手指直流口水。

在村里转了一圈，阿毛说："贵祥，我肚子饿，咱可以吃鱼了吧。"

李贵祥骂了声："馋得你！走吧走吧，去我家。"

李贵祥是个鳏夫，前几年老婆去世，也没留下一个孩子，他东荡西逛，以钓鱼为业。

走到半路，李贵祥说："阿毛，咱不吃鱼，咱抬到镇上去卖。这么一条大鱼，少说也有好几百元可以卖。到时，我分你点钱。"

镇上的人看到这么大的鱼都围过来看，问多少钱可以卖，还说不如割了鱼肉一块一块卖。李贵祥摇摇头，他知道那些人是不会整条买的，鱼分割了就显示不出它的价值。他要等待一个大买主。

这时，一个戴着眼镜、手拿相机的人走过来，对李贵祥自称是镇里的通讯员，详细问了李贵祥的钓鱼经历，末了还对鱼和李贵祥拍了照。李贵祥很配合地完成着一套套动作，拍照的时候，微笑地抱着鱼，如抱着一个大娃娃。

过了几天，有人拿来一张报纸，说李贵祥和他钓的鱼上了县报，连阿毛也跟着沾了光，虽然只是个侧影，但村里人都认识这个人，说这就是阿毛呢。

李贵祥成了远近闻名的钓鱼高手。接下来，他打点行装，说要上县城钓鱼。他听那个通讯员说过，乡里镇里的钓鱼高手也从未钓到过这么大的鱼，县里有个钓鱼协会，他们钓鱼技术精，不知道有没有钓到过比这更大的鱼。

于是，李贵祥就去了县里钓鱼。一天天过去了，鱼倒是钓上来不少，但他始终未打破自己创下的纪录。

有一天，李贵祥和几个钓鱼人在湖边静静地钓鱼。鱼老是咬钩，但就是不上钩，等李贵祥拿鱼竿一拎，鱼饵没了，鱼却逃走了。

手气不好。李贵祥自我安慰，人生不会总是顺途，要守候要忍耐。有了

这句话打气的李贵祥继续坐在湖边的小石凳上钓鱼。

这时有人叫:"我钓到大鱼了!我钓到大鱼了!"

李贵祥心猛地一沉,他慢吞吞地走过去看,见那儿围着一群人,一条大鱼在草丛中垂死挣扎,有人用手机对它拍照。

"四五十斤重吧?"他有些酸溜溜地问。

"瞧你说的,这么大,起码有八十斤。"

"是啊,八十斤肯定出头。"

李贵祥失望地收拾起鱼竿:"他破了我创下的纪录了。"

李贵祥走在路上,心里空荡荡的。好几天,他都没有去钓鱼。

这天,寂寞难耐的李贵祥又去湖边看人家钓鱼,看着看着,他突然想:那个人只是破了我的纪录,我要去市里,钓到比他更大的鱼。于是,他拿着钓具登上了去市里的列车。

李贵祥去了市里的钓鱼协会,人家告诉他,市会员最好的纪录是钓到过九十一斤重的大鲢鱼。不过,他是代表外市队参赛的。

李贵祥想:好,我就破你这个纪录。

时间一天天地过去,李贵祥一直未钓上过一条大鱼,他也从未见到谁钓到过比他在县里看到的更大的鱼。

在钓鱼的时候,他一遍遍地向人介绍他曾经钓到过六十八斤半的大鱼,破了纪录上了报纸的事,直到周围钓鱼的人看见他就收拾钓具另寻他处。

李贵祥在城里待的时间比较长,这些年,他没回过一次家,他觉得自己如果没有打破纪录,是无颜面对村里人的。

黄昏的湖边,湖水清冽,空气清新,初春的寒意渗入李贵祥黝黑的肌肤,他定定地望着水面,突然间,如醍醐灌顶,对呀,自己应该去更大的城市,寻找更大更好的河和湖。他只有破了全国纪录,他才会成为全国钓鱼第一人。然后,他要去世界各地钓鱼,破世界纪录。

于是,雄心勃勃立志破纪录的李贵祥再次踏上了去大城市的路。

神枪傅舵爷

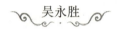

吴永胜

在我们这儿，如果一个人能够主持官司讼断，把持交易买卖，调停帮派纠葛，人便都喊他舵爷。

舵爷大都是混混儿出身。操练过扁挂，有硬扎的拳脚功夫，打得赢几个人。身子骨也扎实，经得住打——混混儿都有各自的帮派，常有小摩擦大火拼。杀人三千，自损八百。今天遍体鳞伤了，明天还能挺着腰杆出来，才接近当舵爷的资质。

有当舵爷的资质了，还得有当舵爷的本钱！

大凡能当舵爷的，家境一般都好。城头有生意，乡下有田地。有钱，养得起一帮吃闲饭的混混儿，才能得到混混儿的拥戴。

西山坪傅金章，就是个响当当的舵爷！

西山坪傅家，在乡下，从笔筒嘴到董家梁子，有近千亩良田沃土。在城头，最热闹的西门口，半截街都姓傅，酱园、酒坊、茶楼、烟馆、绸缎庄都在经营。

傅金章最喜欢三样东西，练扁挂、玩枪和看戏。一身扁挂功夫，七八个人近不得身。枪玩得更出神入化。那时候正兴民团，傅金章当团总，手底下有百来号团丁、几十条毛瑟枪。隔十天半月，得把这些团丁拉到涪江边上的河坝头，操练正步走，搞实弹射击。遇到这时候，都可以开开眼界了。

　　傅金章把自己用的两把德国造匣子枪，一件一件拆成一堆零碎，扔进面前的箩兜里，再扯根布带子把眼睛蒙上，然后伸手进箩兜，两只手各装各的，哗哗啦啦一阵响，跟着两手一甩，"吧吧"两响——两百米外的江边上，先前搁在鹅卵石上的两只酒盅儿，应声就碎了。傅金章两把枪往裤腰上一别，扯下蒙眼布，接过茶盅喝两口，计时的团丁一袋旱烟还没烧完。

　　射洪最大的戏园子，在天上宫。天上宫原是早年福建入川落籍射洪的客家移民修的会馆，用来祭祀妈祖娘娘。由正门、戏楼、内院、厢楼、正殿组成。几百年过去，祭祀妈祖娘娘的香火虽然淡了，但戏楼依然热闹。能容下千来号人的空坝子，地面全是用青石板铺的。靠近戏楼那两三丈宽，搭了三排茶桌子竹椅子。有钱的看客，可以坐着嗑瓜子喝茶看戏。往后是空坝子，供只出得起两三个钱的人站着看。

　　民国 13 年，川军陈国栋一个团驻防射洪。带兵的何团长也喜欢看戏。正赶上端午，按例天上宫要唱三天戏。唱花旦的王香凤是川中名角。何团长由县长引进了戏园子，正往一排中间走，却被县长拦住了。何团长很是奇怪："这位置不是县长你的?"

　　县长拱手一笑："哪里，哪里，是傅舵爷的。"

　　何团长笑笑，不再说话，就在二排中间坐下喝茶看戏。一台《思凡》唱完，那位置泡的一壶好茶，堂倌儿换了几回滚开水了，傅金章都没来，一直空着。

　　王香凤卸装出来，便有马弁接着。何团长请她到金华山脚下，吃地道的金华黄辣丁。

　　第二天，唱的是《秋江》，那位置仍然空着。晚上，何团长请王香凤，是清真全牛席。

第三天,唱的是《白蛇传》,傅金章的位置还是空着。到戏散场了好一阵,傅金章才进戏园子。他到成都买枪火去了,加上兄弟伙邀约,脱不得身。

这一晚,本来何团长要在得月楼宴请王香凤,左等右等王香凤没来。倒是马弁回来了,半边脸肿得像猪尿泡,说傅金章把王香凤接家去了。"啥子?"何团长吃了一惊,"你没说你是哪个派的?"

马弁捂着脸膛子,委屈得很:"说了嘛,不然招不来一巴掌。"

何团长眼珠一瞪,跟着眼就眯成了条缝,嘿嘿一笑:"这个傅舵爷,还有些名堂哈,很有脾气哈。算了,反正老子占了先的。"跟着招呼几个陪客:"都坐下,都坐下。也怪兄弟我礼数不周,驻防贵地了,偏还没拜会傅舵爷。"

何团长带着十条崭新的汉阳造,登门拜访傅金章。有十支枪做礼物,俩人很快称兄道弟。中午傅金章做东,宴请何团长,请了一帮场面上的人物作陪。几杯酒下去,何团长脸红了,话也多起来,说自己是从士兵一步步干上来的,全凭的是好枪法,两百米内,打鼻子不得伤眼睛。傅金章来了兴头,便要和何团长比画一回。何团长边笑边摇头:"自家兄弟,分啥子高低嘛。算喽。"

傅金章不答应:"我们这地方小,难得有个枪法好的。哥老倌一说,我手都痒了。干脆赌一盘,你赢了我出五千块大洋,我赢了,你再给二十条汉阳造?"

何团长拿手在脑门子上抹了几把,答应了。

来到涪江边上,何团长说:"兄弟是地主,占先。"拈起个酒盅儿,向前走了两百步,回过头来,面朝着众人,酒盅儿往头顶上一放,两手往腰上一叉,气昂昂地说:"兄弟,来!"

傅金章愣了愣,说声新鲜。抬手就是一枪,酒盅应声而碎。何团长拊掌一笑,大拇指往上一竖:"好枪法!"

轮到何团长了,他左手托着右手腕,那掌中枪稳如磐石,眯眼瞄了瞄,吧的一枪,酒盅儿没碎,傅金章眉心处多了个窟窿。

何团长往大腿上拍一巴掌:"日他先人板板,老子是没得你枪法好,丢人现眼了哈。"

刁爷

许福元

刁爷其实不姓刁,只是以其舌头"刁"而出名,他的舌头是如何"刁"的呢?

李乡长家娶儿媳妇,自然会请来一些头面人物。于是,就请来了鼎鼎大名的王师傅,号称厨子王,领衔做菜。又请来刁爷,干什么? 做厨师水平的评委会主任。

厨子王一瞧这个阵势,岂敢怠慢? 事前就召集他手下的四个掌勺厨师,开了一个战前动员会:"你们都给我听好了,今天这一仗,非同小可。入席的宾客中,有县里、市里的纱帽翅儿,人家的舌头,什么没尝过? 但是最关键的还是刁爷。只要刁爷的舌头挑不出毛病,咱就算成功了。这汤钱,就算装进咱自己的兜里了。"

场面自然很宏大。席面是"三八",即八个碟、八个盘、八个碗。酒过三巡,菜过五味之后,厨子王心里直打小鼓,小声问知客:"刁爷有何反应?"知客向厨子王附耳说道:"还行。每道菜,刁爷都尝了。到现在,刁爷还没吱声。"

"刁爷不言语,那就说明这场面咱撑下来了。"厨子王还是有点儿不放心,对知客说,"烦你问问刁爷,是不是可以上汤了?"

酒席上的规矩是厨师一上汤:第一,证明菜已经上齐了;第二,食客对厨师做的菜,从色、香、味上,还是满意的。

知客受厨子王之托,来到刁爷面前,小声请示:"刁爷,能上汤了吗?"

刁爷如木雕泥塑一般,只吐出两个字:"上吧。"

厨子王闻听大喜,心中一块大石头终于落了地,忙让"油盘"上汤。不由又转念一想:久闻刁爷大名,虽未谋面,也不过如此而已。

汤盆一上桌,约定俗成,东家就要掏汤钱。这证明厨师菜做得好,食客满意。汤钱是东家于厨师工资之外,另付的小费。

知客手中高举着东家赏的红包,从酒桌间穿梭着奔向厨房,边走边喊:"东家赏厨子汤钱,一千块!"人群中发出阵阵"啧啧"声。

按照规矩,厨子王手拿红包,在知客引导下,来到刁爷的酒桌前致谢:"谢谢,谢谢。"又言辞恳切地对刁爷一桌人说,"刁爷,您务必再点几个菜,我再给您上四个飞碟。"

刁爷见厨子王诚心实意,自然也看出他面露骄矜之色。于是,随便点了平平常常的四个菜:拍黄瓜、炒绿豆芽、香椿摊黄菜、熟扒五花离骨肉。

此时,酒席渐近尾声,但刁爷却未发一词,人们有些失望。要上飞碟了,人们才渐渐围拢来,想听听刁爷最后的表态。

一盘拍黄瓜端上来,积青叠翠。厨子王忙请刁爷:"您老尝尝,有何高见?"

刁爷连筷子都没动,只拿眼光一瞄,就对厨子王说:"拍黄瓜讲究放葱、姜、蒜,你放对了吗?"

"放了放了,都放了,您看——"厨子王忙指着那盘拍黄瓜。

"我还不知你都放了?"刁爷这时沉下脸,"我说的是葱、姜、蒜的形和量。葱要葱花,姜要姜丝,蒜要蒜泥。至于量呢,葱是四成,姜是一成,蒜是五成。你看看你这盘成何比例?"

围观的人群中,嗡的一声。厨子王的脸一下子像红布一样,他赶紧指着

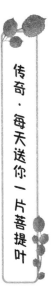

那盘炒绿豆芽:"您老尝尝这盘。"

刁爷这时一笑,一摆手,说:"我不用尝。这个炒绿豆芽,是先放的醋,对不? 先放的醋,就先闻到醋味。如果后放的醋,只有吃到嘴里才有醋味。再说,炒锅你用的是薄铁锅,应该用厚铁锅。用厚铁锅炒,小灶子火上再泼一勺子油,叫爆炒。这样炒出的绿豆芽没有生豆浆味,还站得住条。"说毕,刁爷又找补一句:"你看,这盘绿豆芽倒针了吧。一吃,准熟腾味儿,不会是脆生生的。"

刁爷的一番话,把大伙儿说愣了。厨子王也服了,忙说:"您再尝尝这盘香椿摊鸡蛋。"

"你呀! 你呀!"刁爷马上给厨子王纠正,"你嘴一秃噜,就说外行话了。摊鸡蛋那不能叫摊鸡蛋,不能蛋蛋的,那叫摊黄菜。"刁爷一指那盘香椿摊黄菜:"你那叫香椿摊黄菜吗? 你用的不是香椿,是菜椿。菜椿也香,比香椿可差着一截儿呢。这要是香椿,打鼻儿香,一丈以外就能闻出来,还用尝?"

最后,刁爷点评那盘熟扒五花离骨肉:"这盘五花肉,是用刀从骨头上剔下来的,你看有刀口的痕迹,还有刀锈气味。做这道菜的规矩是用木槌,一点儿一点儿砸下来。"

这回,厨子王真是彻底地心服口服,心里那点儿傲气,一下子荡然无存,才知道自己学的那点儿手艺,不过九牛一毛。试想,刁爷还没用到舌头,已经是入木三分,要是他把那二十四道菜一一点评,自己脸面更要丢尽。人啊,真别小看了他人,世上有高人呀有高人。想到此,厨子王忙从兜里掏出那一千元红包,交到知客手上:"这场酒席,我们真真儿地没有做好,受之有愧,受之有愧。"

刁爷却从知客手中拿过红包,转手按在厨子王手里:"这就是你的不对了,你们辛辛苦苦,烟熏火燎,这是东家的一点儿心意。你们的大路菜,做得不错。我只是挑你们飞碟的毛病,也不一定都对。"

厨子王知道刁爷在替他们争面子,打圆场,给台阶下,便动情地说:"您

看，原来我等只是久闻您大名，今天算有幸当面领教了。我们虽非亲友，但您是老前辈，请受晚生一拜。"

刁爷忙托住了厨子王的手臂："千万别这样，别这样。咱人不亲，刀把还亲呢！你我都是厨子，同行不能成冤家，要互相抬着走。"

厨子王攥紧刁爷的双手："我刚刚听说，您年轻时经过大场面……"

放鸽子

贺敬涛

那年刚收完麦子,点上秋玉米。

那年老天照应,麦子大丰收,农人脸上都露出了难得的笑意。

那个女人与那个男人一前一后走进了村子后面的西瓜地。西瓜长得很好,圆圆的,大大的,也是个丰收年。西瓜是我爷爷种的,我奶奶正在西瓜地里薅草。

"大娘,给碗水喝吧!"那男人白净,很文弱的样子。

我奶奶弯腰从陶罐里倒了一碗水,递过去,眼睛扫了一下,又收回。

"大娘,给俺妹子寻个婆家吧。家里遭了灾,寻个活路哩!"我奶奶早就注意到那女人了,瓜子脸,柳叶眉,小巧的嘴,修长的身材,白净的皮肤。

我奶奶想到了义子朱天之。

朱天之的爹朱智庸是个大商人,生意做得风生水起,名声也响在外面。清风岭的土匪瞄上了老朱家,先是派了两个马匪来老朱家。

朱智庸也是练过武的人。拜七伤拳掌门冯一手为师,冯一手毕生收徒极少,朱智庸是冯一手的三徒弟,关门弟子则是我奶奶。我奶奶出身大地主刘家,天资聪慧,家资丰厚,年龄在师兄弟里最小,武功却最好。

朱智庸失手打伤了清风岭的一个土匪,等到清风岭大当家王二的飞镖

传书钉到门楣上,朱智庸才知道闯了天大的祸事。

朱智庸让大管家悄悄把三岁大的独生子送到我奶奶处,等我奶奶闻讯飞马去救,为时已晚,朱家已经全家遇难,府宅已经被烧成灰烬。

从此,我奶奶多了一个义子。

经过讨价还价,我奶奶留下了女人,瘦弱男人用手掂了掂银圆,小心丢进口袋里,又按了按,飘然而去。

村民们看了女人都忍不住夸,劝我奶奶赶快给天之办婚事,说最近这一带的人从外地买女人做媳妇的不少,却跑了很多,这女子这么漂亮,还是小心别让人放了鸽子。我奶奶笑笑,却不急,带着女人去村后菜园子里摘菜。

一只小麻雀在十米开外的树枝上蹦跳欢叫,我奶奶和颜悦色地对女人说:"你看那小鸟,扰了这儿的清静,又想走,那怎么行?"

女人也浅浅笑,说:"它长着腿儿、长着翅膀呢,笼子关不住的。"然后,嘻嘻笑着看我奶奶,猛地向那鸟儿使劲拍了一下手掌,那鸟儿抖了抖身形,展翅欲飞。

我奶奶不说话,手一甩,眨眼间,那鸟儿扑棱棱落在地上。

捡起鸟儿,发现那鸟儿两个翅膀已经被针刺穿,两个翅膀不停地抖动。

女人大惊失色,浑身颤抖不已。

回家后,我奶奶像一点儿事情都没发生,不紧不慢地给我天之叔收拾房子,置办家具、被褥等,置办的东西与其他孩子无异,一样都不少,婚事在村里也算办得极隆重的。

女人成了我天之婶,我奶奶非常疼爱天之婶,天之婶也非常尊重我奶奶。

说话间,冬天走了,春天磕磕绊绊地撵来了。山道上,那瘦弱男人悄无声息地出现了,说请妹子回家省亲,父母想妹子了。

饭菜端上来,作陪的家里人刚要落座,瘦弱男人说想给我奶奶说会儿话,其他人望望我奶奶,我奶奶笑笑,摆摆手,大家都退去了。

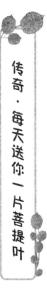

男人脸色突地一变，摸出十块大洋："大娘，抬抬手，让她走吧。"

男人在这一带放鸽子，放了五个，这个最值钱，可就是收不走。

我奶奶不动声色，说："瓜子落地，生根发芽，瓜秧长出，瓜儿都结了。本是清净小村，人已落家，娃要妈哩！"

"谢谢大娘这么多年照顾我妹子，辛苦了，敬你！"男人倏地抓起两根筷子插了一块红烧肉，筷子直奔我奶奶面部插来。

我奶奶微微一笑，不躲不避，张开嘴巴连筷子和肉咬住，咔吧，肉吃了，一张嘴，两截断筷子啪啪钉在男人身后的门板上，齐齐入木二分。

我奶奶抿了一下嘴，浅浅一笑："肉很烂，就是有骨头啊！"

男人大惊失色，拱拱手，飘然而去。

天之婶和天之叔过得很恩爱，育有一男一女，男孩爱读书，成年后还考上了清朝最后的秀才。

爷爷身体本很好，可七十四岁那年的清明节含着笑走了。

我奶奶身体一直很硬朗，身轻体健，儿孙满堂。九十一岁那年初秋，本是一场感冒，可我奶奶一躺下，就没再起来，五个儿女床前床后孝顺。

一日午后，我奶奶把四个儿女都支走，独独留下天之婶，笑着对天之婶

说："俺终是要走了。人生一世,草木一秋,江湖险恶,你虽凤落平阳,可,俺家没亏待你。"

天之婶不敢看我奶奶："娘,你那绣花针神技传给我吧。"

我奶奶笑了笑,摇摇头,慢慢合上了眼。

办完丧事,天之婶很郁闷,就在院子里呆坐。抬头见一只麻雀在枝头叫得欢,天之婶拍了一下巴掌,那鸟儿展翅欲飞。

只听嗖嗖两声微响,那鸟儿扑棱棱落在地上。

捡起鸟儿,发现鸟儿两个翅膀已经被针刺穿,两个翅膀不停地抖动。

天之婶飞身上了屋顶,往远处望去,只见秋叶满目,哪有一个人影!

我奶奶把飞针神技到底传给了谁,一直是个谜。

蒙面侠医

梁 刚

清末，在江南一带出过一位非常奇特的侠医。称其"侠医"，是他治病不收穷人钱；说他奇特，是他行医时必定蒙面。无人知晓他的姓名，也没人见过他的庐山真面目。

他擅长针石之道，尤其精通"灵龟八法"的针义要诀：大凡治病只取"内关、公孙、外关、临泣、列缺、照海、后溪、申脉"这八穴。

尽管"灵龟八法"非一般庸医所能掌握，应用这种针法必须推算气血流注穴位的时间，行针时还要将精气贯注针尖，用补法还是泻法全凭他指尖的瞬间感觉。但在病人看来，他就是在病人的脚和手各扎了两针，且不出半个

时辰,就让病快快的人活蹦乱跳起来。

那一带的人把他传得神乎其神。

因他居无定所,但凡求诊者,一般都在大街醒目处张贴求诊告示。只要你不是大恶之人,他都会如约而至。

有好奇者曾问:"你为何要蒙面行医啊? 是长得丑陋怕吓了人,还是有其他难言之隐?"

"哈哈。"他含糊其辞地一笑,说,"你猜。"或说:"美好者,不祥之器也。"

"哟,扯上《道德经》了,难道不想步扁鹊的后尘? 切,行善也需要蒙面?"

是年,当地有个知府得了"雷头风",每每发作,炸痛如破。知府膝下仅一子,甚是聪明,饱读诗书,却不求功名,因看不惯父亲的所作所为,长年游历在外。

知府管不住他,也就任其游荡四方。但如今重病在身,思子心切,便贴出告示,请求儿子回来一见。

如此,儿子才回得家来,看见父亲病成这样,便问:"请郎中了吗?"

管家马上说:"请了,都请好几拨儿了,全是名医,就是不见好转。不过……"

"不过什么?"公子扭头问,"还有谁没请到?"

管家踌躇了一下说:"江湖有个蒙面郎中没请过,坊间传说他甚是了得,他的'灵龟八法'能治各种疑难杂症。"

"就一个江湖郎中,你们也信?"公子的表情甚是怪异。

"不妨就请那个郎中来试试。"老爷气息微弱,但态度坚决。

"就怕他不来。"管家说,"听说他只给穷人治病,不给富人和官人治病。"

"试试,你不试咋知道他来不来,我们多给银子就是了。"老爷喘着气,极不耐烦地把手一挥。

管家吓得连说:"是,是。"

是晚,蒙面郎中倒是如约出现了,把脉后,说:"大人的病是一定能治好

的。但大人必须答应在下的一个条件。"

知府说:"只要能治好病,什么条件都不成问题。"

郎中说:"近年这一带水患不断,民不聊生,望大人能放粮赈灾,减赋减税,并从此爱民如子,此病定能彻底根除。"

知府瞅他一眼,问:"你真的是郎中吗?管那闲事?"

"是不是,一试便知。"郎中蒙着面朗声说,"我马上给你扎两针,先控制你的病情,等你兑现请求后,我会根治你的疾病。"

"听声音咋这么熟呀。"老爷嘀咕了一句,说,"好,我答应。"

如是,郎中飞出两针,分别扎在知府的外关和临溪穴。须臾,知府的头痛当场治愈。老爷拍了拍脑袋,高声叫道:"管家,多给赏钱!"同时给管家使了个眼色。

郎中淡然说:"大人的头痛症已然痊愈,望能遵守诺言,否则将有瘫痪之忧。"言毕,飘然而去。

"什么?"老爷立刻朝管家摆摆手说,"那下次你什么时候来?"

"等你兑现承诺。"郎中的声音从远处传来。

"此人不能留!"老爷沉着脸说,"先放粮赈灾,等治完病再说。"

蒙面郎中再次出现在知府大人家已是一个月以后的事了。那天老爷的心情特别好,见到郎中说:"本官没食言吧?"

郎中说:"我也不会食言。"

老爷说:"那就开始吧。"

郎中说:"还要等等,现在气血还未流到穴位,流到之后,才能一针根除你的旧疾。"

也就一盏茶的工夫,郎中说了声:"到了!"旋即飞出两针。

老爷兀自一挺身子,哟了一声,脸色顿时红润起来。

"好了。"郎中拔出银针,转身收拾行囊。就在这时,暗处飞镖已到。郎中吓了一跳,刚想闪开,一把飞镖已扎进他的颈部。郎中应声倒地。

管家这时冲出来,迅速掀起郎中的蒙面布。一见之下,大惊失色:"少爷!"

居然是知府的公子,怪不得他要蒙面行医,原来是怕被人认出来。知府见杀了自己儿子,当场就疯了。可惜了,多好的郎中,咋就死了,坊间议论纷纷。

这时,只有知府原来的老管家,站在自己新开的药房内,仰天叹了一声:"多好的孩子。"

管家儿子接过话茬说:"少爷从小善良,咋就不像他爹呢?"

管家说:"少爷是小红的孩子。"

儿子说:"小红尽管是丫鬟出身,但也被老爷纳了妾呀。怎么说少爷也是周老爷的儿子。"

老管家脸上闪过一丝复杂的表情,说:"谁知道呢,小红被老爷糟蹋前在莘庄老家就有相好,否则小红也不会生完儿子就失踪了。"

儿子愣了一下说:"你是说,少爷不是……"

老管家打断说:"别乱说,我什么都没说。"

那一刻,天空飘起了雪。